时间的女儿

THE
DAUGHTER
OF TIME

[英]约瑟芬·铁伊

翟国欣 译

江苏凤凰文艺出版社

图书在版编目（CIP）数据

时间的女儿 /（英）约瑟芬·铁伊（Josephine Tey）著；翟国欣译. — 南京：江苏凤凰文艺出版社，2017.11（2023.10 重印）
书名原文：The Daughter of Time
ISBN 978-7-5594-1003-0

Ⅰ.①时… Ⅱ.①约… ②翟… Ⅲ.①长篇小说—英国—现代 Ⅳ.①I561.45

中国版本图书馆 CIP 数据核字(2017)第 208905 号

书　　　名	时间的女儿
著　　　者	（英）约瑟芬·铁伊
译　　　者	翟国欣
责 任 编 辑	傅一岑
出 版 发 行	江苏凤凰文艺出版社
出版社地址	南京市中央路 165 号，邮编：210009
出版社网址	http://www.jswenyi.com
印　　　刷	南京迅驰彩色印刷有限公司
开　　　本	880 毫米×1230 毫米 1/32
印　　　张	8
字　　　数	185 千字
版　　　次	2017 年 11 月第 1 版　2023 年 10 月第 5 次印刷
标 准 书 号	ISBN 978-7-5594-1003-0
定　　　价	32.00 元

（江苏凤凰文艺版图书凡印刷、装订错误可随时向承印厂调换）

真相是时间的女儿。

——古谚

Contents

A 套路 001

B 画像 017

C 课本 043

D 历史 057

E 家族 067

F 圣人 081

G 骗局 093

H 指控 111

I 无稽 131

J
失误
145

K
愚蠢
155

L
讽刺
169

N
高墙
199

O
邀宠
211

M
戏文
181

P
案卷
227

Q
皇冠
233

猫啊,鼠啊,亲爱的狗
统治英格兰的是头猪

A

套路

世界这么大,
难道就没有人,
任何一个人,
曾经试图做些改变?

格兰特躺在高高的白色折叠床上，厌恶地瞪着天花板。那白色而光洁的墙面什么时候新添了一道裂缝，他都清楚得很。他曾经把天花板想象成一幅又一幅地图，放任思维在里面探险，在河流、岛屿和陆地之间游弋。他用天花板玩解谜的游戏，寻找隐藏的图形——有时是人脸，有时是鸟儿或鱼类。他还用它做演算，透过那些跟定理、角度和三角形有关的题目追忆童年。事实上，除了看天花板以外，他别无其他事可做。他烦透了眼前的这块天花板。

他曾建议短粗胖把床挪个位置，这样他就能有一块新的天花板打发时光了。不过，这样一来势必会破坏房间的"协调"。而对医院来说，"协调"的重要性仅次于"干净"，二者是同样神圣而不可侵犯的。任何出格的行为都将被视为对它的亵渎。为什么不看书呢？她问。为什么不去读一读朋友们带来的那些崭新的、昂贵的小说呢？

"这个世界上有太多的人，太多的字。每分钟都有数以百万计的字被印出来，想想都觉得可怕。"

"您可真纠结。"短粗胖说。

短粗胖是一名护士，真名叫英厄姆。其实她身高有一米五八，体态还算匀称。格兰特叫她"短粗胖"是为了给自己找回一点面子。本来他搞定她就像拈起一只德累斯顿瓷器一样轻松。当然了，前提是腿脚无恙。现在的他只能任其摆布，听其差遣。然而最伤他自尊的是，在她看来，摆弄他这个一米八的大高个简直可以说是举手之劳。显然，短粗胖根本没有重量的概念。她漫不经心地把床垫从这头甩到那头，姿态就跟耍转盘一样优雅惬意。短粗胖下班后，接替她的是亚马逊。那是一个有着山毛榉树般粗壮手臂的伟岸女人,真名叫达洛,格洛斯特郡人,每到水仙花盛开的季节她就会害思乡病。①(短粗胖就没有这方面的困扰,因为她来自莱萨姆圣安纳斯②。)达洛护士有着宽厚柔软的手掌和母牛般温和的大眼睛,时刻带着一副悲天悯人的神情,哪怕最轻微的体力劳动都会让她喘得如风箱一般。 总的来说,被人看成"轻如鸿毛"要比"重如死猪"更让格兰特感到羞耻。

格兰特之所以缠绵病榻,成为短粗胖和亚马逊的责任,起因是掉进了一个井盖松动的地沟。 在所有让亚马逊用尽力气搬弄、在短粗胖手里却显得轻飘飘的病患里面,他是当仁不让的最丢人的那一个。 没有比"掉进一个井盖松动的地沟"更荒谬、更滑稽、更离谱的事了。 当时他正在热火朝天地追踪本尼·斯库尔,追着追着,半个人忽然从地面上消失了。 所幸本尼自己也在下一个拐角失去重心并栽到了萨金特·威廉姆斯警官手里,这多少让他心理平衡了一些。

本尼要"进去"三年,对执法者来说这本来是一个令人满意的结果。 但本尼可以因为表现良好而获得减刑,而他自己却必须在医院里待到最后一天。

格兰特不再盯着天花板了,他把目光转移到一摞书上。 书就放在他的床头柜上,正是短粗胖一再提醒他去读的那些昂贵的书籍。 最上面的那本搭配

---

① 格洛斯特郡(Gloucestershire):英国英格兰西南部郡。 黄水仙是格洛斯特郡的郡花,所以达洛护士一到水仙花期就会思念家乡。
② 莱萨姆圣安纳斯(Lytham St Annes):位于英国英格兰兰开夏郡,早先由临近的莱萨姆和圣安纳斯两座城市合并而成,后发展成一个海滨度假胜地。

了一幅用类似粉红色颜料描绘的瓦莱塔①的美丽风景,是拉维尼娅·菲奇②笔下完美无瑕的女中豪杰的苦难史。 这样的女中豪杰她年年都写,书也是出了一本又一本。 封面上壮观的港口景致暗示着不管女主角是叫瓦莱丽、安吉拉、塞西尔还是丹妮丝,她一定是某位海军的妻子。 格兰特翻开过这本书,只是为了看一眼拉维尼娅写在扉页上的祝福语。

《汗与犁》是西拉斯·威克利的一本超过七百页的鸿篇巨制,文笔犀利又接地气。 从第一段就能判断出小说延续了他的上一部作品的风格。 母亲第十七次在楼上坐月子,父亲第九次在楼下醉得不省人事,大姐在草垛和情人乱搞,其他人全挤在谷仓里头。 雨水沿着茅草屋顶滴个不停,粪堆里的肥料热气腾腾。 西拉斯从来不忘描写肥料。 在这幅图景里,肥料是唯一一个给人带来积极向上的感觉的意象,但这并非西拉斯的本意。 假如世上有一种肥料的蒸气是往下飘的,他一定会将其大写特写一番。

压在封套明暗对比强烈的西拉斯的作品底下的是一本文风考究的爱情小说,封面印着爱德华时代的花体字和巴洛克式的繁复图案,书名叫《她脚趾上的铃铛》。 该书充分体现了作者鲁伯特·罗赫在讽喻恶行方面的功力。 鲁伯特·罗赫总能在三页之内逗得读者捧腹大笑。 而读到第三页左右时,你

---

① 瓦莱塔(Valetta):马耳他的首都,欧洲文化名城,处于地中海中心地带,是该国最大的港口。
② 拉维尼娅·菲奇(Lavinia Fitch):女作家,在铁伊另一部小说《一张俊美的脸》里出现过,与格兰特认识。

会发现鲁伯特在模仿萧伯纳①的写作手法。他从这位擅长讽喻却又不失宽容的大师那里学到了通往诙谐睿智的捷径——反讽。在那之后,你每读三句话就能找到一个笑点。

用一道火红色的枪焰划过暗绿色的背景作为封面的是奥斯卡·奥克雷的新作。书中人物的对话太过刻意,完全没有表现出美国式的幽默辛辣。金发美人,酒吧,追杀。令人叹为观止的一堆垃圾。

《罐头刀遗失之谜》,约翰·詹姆斯·马克著。开头两页就出现了三处破案流程上的错误。格兰特在脑海里构思了一封写给作者的信。这书至少给他带来了五分钟的乐趣。

他想不起来压在最底下那本蓝色封皮的薄书是什么了。可能是一本严肃文学吧,他想,跟数据有点关系。采采蝇,卡路里,性,或其他诸如此类的东西。

即便这种书,你也能预料到它下一页要说什么。世界这么大,难道就没有人,任何一个人,曾经试图做些改变?难不成如今人们都陷入了公式化的套路?当代作家为了迎合读者的期待写了太多一成不变的东西。当公众谈及"一本新的西拉斯·威克利"或"一本新的拉维尼娅·菲奇"时,跟说到"一块新砖头"或"一把新梳子"没什么两样。他们从来不会说"这是某某的新书",因为他们的兴趣点并不在书本身。书只要是新的就够了,至于它到底讲了什么,人们早已心知肚明。

---

① 萧伯纳(George Bernard Shaw, 1856~1950年):爱尔兰杰出的现实主义剧作家,1925年诺贝尔文学奖获得者,是世界著名的擅长幽默与讽刺的语言大师。

书只要是新的就够了
至于它到底讲了什么
人们早已心知肚明

如果全世界的印刷机停止工作，歇上整整一代人的时间，未尝不是一件好事。格兰特一边这样想，一边把厌倦的目光从那摞五颜六色的书上移开。应该让文学经历一段休整期。具备超能力的人应该发明一种光束，让所有文字戛然而止。这样人们就不会在你卧床不起时送你一大堆蠢话连篇的废纸，也不会有霸道婆娘整天催你把它们读完。

门开了。格兰特听见了，却不屑于去看。他把脸转向墙面，用这样的姿态来表明态度。

他听见有人走到床边，于是合上了眼睛，希望这样可以避免可能与之发生的交谈。此时的他既不需要格洛斯特郡的怜悯，也不需要兰开夏郡的干练。随后的一瞬间，一丝来自格拉斯①田间的怀旧气息飘了过来，带着股莫名吸引力，在他的鼻腔和大脑里肆意撩拨、游走。他在一呼一吸间细细地分辨着这种气味。短粗胖闻起来是薰衣草爽身粉的味道，亚马逊是肥皂和碘酒味。而此时在他鼻尖上萦绕的华贵气息则是"篱笆五号②"。在他认识的人里只有一个人用这款"篱笆五号"，那就是马塔·哈拉尔德。

他睁开一只眼睛斜睨着她。很明显，她已经俯身察看过他是不是睡着了，现在正犹豫不决地——如果"犹豫不决"这个词可以用来形容她的话——站在那里，盯着那一摞明显未曾被翻过的书。她一只胳膊下夹着两本新书，另一只胳膊则搂着一大束白色的丁香花。她选择白丁香的理由是因为那是最适合用来点缀冬天的花朵（她在剧院的化妆间里从十二月到次年三月都摆

---

① 格拉斯（Grasse）：法国东南部小镇，被誉为世界香水之都。
② 原文"L'Enclos Numero Cinq"，是作者为了戏谑香奈儿五号而杜撰的香水名字。

着这花），还是因为它们与她今天黑白混搭的穿衣风格相映成趣，格兰特就不得而知了。她头上是一顶簇新的帽子，搭配她常戴的那串珍珠。珍珠曾是他用来安抚她的好办法。她看上去很英气，很巴黎，而且谢天谢地，没有一丝医院的味道。

"我把你吵醒了，艾伦？"

"没，我没睡着。"

"看来我是多此一举了，"她把带来的两本书丢在其他被无视的书册旁边，"但愿这两本书能让你更感兴趣一些。你就不能试着读读我们的拉维尼娅吗？"

"我什么都看不进去。"

"你是不是又疼了？"

"疼死了。不过既不是腿疼也不是背疼。"

"那是哪儿疼？"

"我堂妹劳拉说这是'无聊闹的'。"

"可怜的艾伦，你家劳拉说得没错。"她把一束水仙花从对它们来说显然太大的玻璃花瓶里抽出来，用她最优雅的姿态之一将它们丢进洗脸盆，再把丁香插进去，"有人说无聊的情绪就像一长串呵欠，其实当然不是，它是一种微妙的、磨人的东西。"

"太微妙，太磨人了，就像被荨麻扎了一下。"

"你为什么不找点事做？"

"利用眼下的大好机会？"

"利用这机会改善你的心态，更不用说，这对你的精神和脾气也有好处。

你可以学一门哲学，或者瑜伽什么的。 不过，我觉得对于一个善于分析的大脑来说，思考抽象的概念可能不是它的长项。"

"我的确想过复习一下代数。 上学那会儿我没好好学它，感觉好像欠它点什么似的。 但是最近我已经对着这块该死的天花板做了太多的几何题，有点厌烦数学了。"

"嗯，以你现在这个状态，我看玩拼图的建议也没用。 填字游戏怎么样？ 如果你觉得不错，我可以给你带本填字书来。"

"千万别。"

"当然啦，你也可以自己给自己出题。 我听说出题比做题有意思。"

"也许吧，但一本字典足足有好几斤重，况且我一向反感在工具书里查东西。"

"你爱下象棋吗？ 我不记得了。 喜欢解棋局吗？ 白子先走，三步将军什么的。"

"我对象棋的兴趣仅仅停留在视觉上。"

"视觉上？"

"非常有装饰性。 马、兵还有其他棋子。 很高雅。"

"真有意思。 我本来可以给你带一套玩玩的。 好吧，不说象棋了。 你可以搞点学术研究。 那也是数学的一种——为悬而未决的问题找解法。"

"你是说悬案吗？ 过去所有没解决的案子都在我脑子里，它们不会再有进展了。 我这个躺在床上的人更不可能做什么。"

"我指的不是苏格兰场的卷宗。 我是说那些更——怎么说呢——更经典的东西。 那些让全世界困扰了好几百年的东西。"

"比如什么?"

"比如珠宝盒里面的密信。"

"哦,你说的该不会是苏格兰的玛丽女王吧!①"

"为什么不能?"马塔问道。她和其他所有女演员一样,对玛丽·斯图亚特这个人怀着朦胧的憧憬。

"也许我会对一个坏女人感兴趣,但对笨女人绝对不会。"

"笨?"马塔用她最好听的伊莱克特拉②式的女低音说道。

"非常之笨。"

"艾伦,你怎么可以这样说!"

"若是没了头顶上的那套行头,人们才不会注意到她。都是那顶小帽在迷惑人。"

"你是说,如果她戴着一顶遮阳帽,她的爱就没有那么伟大了?"

"她从来没有大爱,不管戴哪种帽子。"

马塔气得就像剧院叫她去演一辈子那么长的戏却只给她一个钟头的时间化妆一样。

"你为什么会那样想?"

"玛丽·斯图亚特身高超过一米八,而几乎所有身材过高的女人都是性冷淡。随便找个医生都能告诉你这一点。"

---

① 相传苏格兰玛丽女王曾经写密信给博斯韦尔伯爵,信被后者保存在一个珠宝盒中,后被女王的政敌以此作为她出轨和参与谋杀前夫达恩利的证据,但也有人认为信件是蓄意伪造的。
② 伊莱克特拉(Electra):古希腊神话中为替父报仇而设计弑母的女子。

说到这里，他突然感到有些奇怪。在马塔把他当备胎的这么多年里，他从未把她对男人出了名的冷淡态度和她的身高联系起来。马塔自己并没多想，她的注意力还停留在心爱的女王身上。

"至少她是一位殉道者，这个你无法否认。"

"殉身给什么了？"

"她的信仰。"

"风湿病是她唯一殉身过的东西。她先是罔顾教皇的许可嫁给达恩利，后来又和博斯韦尔举办了新教婚礼。"

"接下来你就要告诉我她连囚犯都没当过了。"

"你的问题在于，在你的想象中，她被关在城堡顶端的小房间里，窗户上安着栅栏，只有一个忠诚的老仆人陪她一起祈祷。事实上呢，她住在一栋拥有六十个仆人的私人宅邸里。当仆人减少到可怜的三十人的时候她就开始抱怨了。等到只剩下两个男秘书、几个女伴、一个裁缝和一两个厨子的时候她简直屈辱得活不下去。然而这一切开销全靠伊丽莎白女王自掏腰包。伊丽莎白养了她二十年。在这二十年里，玛丽·斯图亚特从未停止过向全欧洲兜售她那顶苏格兰皇冠，希望有人能揭竿而起，好让她重新夺回失去的宝座——或者说是伊丽莎白身下的宝座。"

他看了看马塔，发现她正在微笑。

"好点了吗？"

"什么好点了吗？"

"那磨人的刺痛。"

格兰特笑了。

"是的,我刚才都忘记了它们的存在了,这也算是玛丽·斯图亚特做了一件好事。"

"你为什么知道这么多玛丽的事?"

"在学校的最后一年我写过一篇关于她的论文。"

"你不喜欢她,我猜。"

"就我目前对她的了解,是这样的。"

"你也不觉得她是个悲剧人物。"

"不,她身上的悲剧意味很浓,但绝不是主流看法赋予她的那样。她的悲剧在于生为女王却只有村妇的眼界。和街坊都铎太太之间相互攀比是无伤大雅的,有时还很有趣。即使它可能会让你投入过多、债台高筑,充其量影响的也只是你一个人,但是如果把同样的伎俩用在国家大事上却可能带来灾难性的后果。以治下千万子民为赌注去挑战一个皇权对手,最后只能落得个众叛亲离的下场。"格兰特想了想,接着说,"她要是去女子学校当校长,一定会相当成功。"

"你真过分!"

"我没恶意。学校里的同事们会喜欢她,女孩子们会崇拜她。奈何生于帝王家,这就是我所说的她的悲剧所在。"

"好吧。看起来珠宝盒里的密信也没戏了。还有什么?铁面人[①]吗?"

---

① 铁面人:路易十四时代巴士底狱的一名重要囚犯,于1703年死于狱中,时年约45岁。他是历史上最富传奇色彩的人物之一,围绕其真实身份有各种猜测,众说纷纭,至今没有定案。

"我不记得他是谁了,但我不会对一个躲在铁皮面具后面扭捏作态的人感兴趣。 除非看到脸,否则我不会对任何人感兴趣。"

"啊,对了,我忘记你对人脸有特殊的热情。 波吉亚家族①长相不错,也许有那么一两个有神秘感的值得你去研究研究。 当然了,还有波金·沃贝克②,冒名顶替是很刺激的事。 是他? 不是他? 多么有趣的游戏。 两边总是一头重一头轻,永远也找不到平衡点。 你把它推倒,它又站起来,就像不倒翁一样。"

门开了,丁克尔太太那张平凡的脸从一顶比她的脸更平凡的帽子底下露了出来。 她从第一次为格兰特服务起就一直戴着这顶帽子,格兰特很难想象她戴其他帽子的模样。 据他所知,丁克尔太太确实还有另外一顶帽子,那顶帽子只在令她感到"忧郁"的场合才会戴上。 她"忧郁"的情况不多见,而且从未出现在滕比院19号。 戴上那顶帽子的丁克尔太太有一种仪式感,佩戴与否也代表了她对整个事件的评判标准。("你觉得怎么样,丁克尔? 事情进展如何?""还不值得我戴上忧郁帽子。")她曾戴着它去参加伊丽莎白公主的婚礼和其他一些皇室聚会,的确还在为肯特公爵夫人出席的剪彩活动而拍摄的新闻片段中闪现了几秒。 但是对格兰特来说,这只是对各类场合的世俗评价而已。 通过这件事是不是值得她戴上那顶"忧郁"的帽子,达到了

---

① 波吉亚家族(The Borgias):十五至十六世纪影响整个欧洲的西班牙裔意大利名门望族,家族中的众多成员是当时欧洲颇有影响力的宗教、军事和政治领袖。
② 波金·沃贝克(Perkin Warbeck):十五世纪时英格兰王位的冒称者,冒称自己是英格兰国王爱德华四世的儿子,1499年因被告试图从伦敦塔楼逃走而被执行绞刑。

"告知"和"点评"的目的。

"我听见你屋里有客人，"丁克尔太太说，"我正准备离开呢，又觉得这个声音有点耳熟。我对自己说：'一定是哈拉尔德小姐。'所以我就进来了。"

丁克尔太太带了几个纸袋子和一小把银莲花。她用女人之间打招呼的方式跟马塔问了声好。年轻时代的她也称得上穿着讲究，因此在面对剧院女神级的人物时，并没有显出过分的崇拜。她用怀疑的目光打量着那束被马塔的巧手装点得很漂亮的白丁香。马塔没留意丁克尔太太的眼神，却注意到了那一小把银莲花。她立即用排练过似的熟稔姿态处理这个状况。

"我为你东奔西走才弄到的白丁香，倒被丁克尔太太的野百合给比下去了。"

"百合？"丁克尔太太的语气中带着质疑。

"它们抵得上所罗门的所有荣光。顺其自然以为乐。①"

丁克尔太太虽然只在婚礼和洗礼仪式时才去教堂，却是上过主日学校②的那代人。她用全新的眼光细细打量起裹在羊毛手套里的这一小把荣光。

"哦，原来如此。我本来不知道这些的。这样更说得通了，不是吗？我一直把它们当成海芋花。漫山遍野的海芋花。你懂的，贵得不得了，气质有点阴郁。这么说它们本来是有颜色的？哎哟，为什么不早说呢，为什

---

① 《圣经·新约·马太福音》的第6章第29节：然而我告诉你们，就是所罗门极荣华的时候，他所穿戴的，还不如这花一朵呢。
② 主日学校（Sunday School）：又名星期日学校，英、美诸国在星期日为贫民开办的初等教育机构。

么一定要叫百合呢?"

她们开始讨论翻译的问题,以及《圣经》有多么容易误导人("我一直在疑惑水上的面包到底是什么。"丁克尔太太如是说),尴尬的气氛就此烟消云散。

在她们忙着探讨《圣经》时,短粗胖又拿了一个花瓶进来。格兰特注意到这些花瓶是为了盛装白丁香而不是银莲花而设计的。很明显,短粗胖这么做是为了讨好马塔,以便日后可以与她保持往来。然而马塔从来不会在女人身上浪费心思,除非她们马上就有利用价值。她对丁克尔太太的态度只不过是社交场合下的自然反应,条件反射而已。短粗胖已被降格为功能性而非社交性的角色,她把洗脸盆里遭到遗弃的水仙花拢起来,谦卑地插进花瓶中。短粗胖谦卑的模样顺眼极了,格兰特好久不曾见过这么美妙的景象了。

"好了,"马塔说道,完成了对丁香花的最后一点修饰,并把成果摆到了格兰特看得到的地方,"该让丁克尔太太把纸袋里的宝贝拿出来了。它们该不会是……亲爱的丁克尔太太,里面该不会有一袋著名的单身汉小圆饼吧?"

丁克尔太太神采飞扬。

"要尝两个吗?刚出炉的。"

"哦,我吃了以后肯定会后悔,因为这些油腻腻的小糕点最后都会堆在腰上。不过还是给我几个吧,我可以放在手袋里,在剧院当茶点吃。"

"我喜欢边缘烤焦的那种,"她以一种刻意逢迎的姿态挑出两块点心,把它们丢进手袋里,"那么,再见了,艾伦。我过两天再来,到时给你带双袜子。没有什么比编织更能缓和情绪了,这个我特别清楚。你说呢,护士？"

"哦，是的，确实是这样。 我有很多男病人织的东西，他们都说那是打发时间的好法子。"

马塔在门边向他抛了个飞吻，然后短粗胖恭敬地送她离开了。

"狗改不了吃屎。"丁克尔太太一边说，一边打开了那些纸袋。 她可没说自己指的是马塔。

B
画像

在你知道他是谁之前,
你想过"邪恶"这个词吗?

两天后马塔再来时并没带着针和毛线。她于午饭后翩然而至，神清气爽，戴着一顶哥萨克式帽子。那帽子看似随意的倾斜角度想必是她镜前摆弄了好几分钟的成果。

"我不会待太久，亲爱的，我还要赶着去剧院。今天有日场。上帝保佑。全是托盘和笨蛋。那些台词对我们来说已经变得毫无意义了，可是该怎么演还得怎么演。我想这出戏永远不会被撤掉，就像纽约演出的那些戏一样，十年才换一次，而不是每年都换。这太可怕了。没人能受得了这么一成不变的东西。昨晚，杰弗雷演到第二幕时突然僵住了，眼珠差点从脑袋里爆出来。一开始我还以为他中风了。事后他说不记得自己从上台到僵住这段时间里做了什么，只知道戏演到了一半。"

"你是说暂时性失忆？"

"哦，不。是变成了一台机器。念着台词，做着动作，脑子里却一直在想着别的事。"

"如果报道可信的话，这对演员来说不是新鲜事。"

"嗯，一般来说确实如此。约翰尼·贾森趴在别人腿上哭得痛彻心扉的同时可以数出屋里有多少张纸，但这和演到一半时灵魂出窍不是一码事。你知道吗，杰弗雷在把他的儿子赶出家门、和情妇吵架以及指控妻子和他最好的朋友出轨时，自己竟然完全没有意识。"

"那他的意识去了哪里？"

"他说他决定把位于公园巷的公寓租给多莉·戴克，同时买下了拉蒂摩因为接受了州长任命而不得不放弃的位于里士满的第二套房子。在他的想象里，那房子缺几个浴室。二楼那个贴着十八世纪中国壁纸的小房间可以改造成一间不错的浴室。他们可以把漂亮的壁纸拆下来,用来装饰一楼后面那个单调的小房间。小房间里全是维多利亚式的镶板。他还想到了排水问题,计算自己是否有足够的钱把瓷砖敲掉全部换成新的,此外还考虑了厨房里的布局应该是什么样。就在他决定将大门口的灌木丛铲掉时,忽然发现自己正站在舞台中间,对面是我,台下坐着九百八十七个观众,台词刚念到一半。这下你可以理解他的眼珠为什么会爆出来了吧!我发现我带给你的书你至少读过一本,如果书皮的褶皱可以作为证据的话。"

"没错。是跟山有关系的那一本。那真是一件天赐的礼物。我在这里躺着,把那些图片连续看了几个小时。再也没有什么东西比山更深刻了。"

"星星更好,我认为。"

"啊,不行!星星只会把人降格成变形虫①。它们会夺走人类最后一抹尊严,最后一丝自信。相比之下,雪山却是符合人类标准的标尺。我躺着看珠穆朗玛峰,感谢上帝我没去攀登那些斜坡。相比之下,医院的病床是天堂般温暖、悠哉、安全的地方,而短粗胖和亚马逊的存在则是文明世界的最高成就。"

"那好吧,这里还有更多照片。"

马塔把带来的四开大的信封倒过来,一叠纸被抖落在格兰特胸口上。

"这些是什么?"

"脸。"马塔高兴地说,"好多好多为你准备的脸。男人的,女人的,孩子的。各式各样,有大有小。"

---

① 变形虫:单细胞生物。

没有所谓的谋杀犯的长相
促使人们犯下谋杀罪的动机太多了

他拾起胸前的一张纸,看了起来。 上面印着一件十五世纪的人像雕刻。一个女人。

"这是谁?"

"卢克雷齐娅·波吉亚①。 挺可爱的,不是吗?"

"也许吧,你是不是在暗示她的背后有未解之谜?"

"哦,是的。 目前还没有人说得清她是被兄长利用了还是跟他们一丘之貉。"

他把卢克雷齐娅丢到一边,拿起另外一张纸。 纸上是一个小男孩的肖像,作十八世纪末打扮,下面印着"路易十七"几个模糊的小字。

"这是一个值得你去探索的美妙谜团,"马塔说,"法国王储。 他到底是逃出生天,还是命丧监牢?②"

"你是从哪儿搞到这些的?"

"我把詹姆斯从他在维多利亚和阿尔伯特的舒适小窝里拖了出来,让他带我去了一家印刷店。 我知道他对那些事非常了解,也知道在维多利亚和阿尔伯特没有能引起他兴趣的东西。"

这很符合马塔的风格。 她想当然地认为一名身兼剧作家和肖像画专家

---

① 卢克雷齐娅·波吉亚(Lucrezia Borgia,1480~1519 年),波吉亚家族成员之一,罗马教皇亚历山大六世私生女,瓦伦蒂诺大公爵的妹妹。

② 路易十七是路易十六和玛丽·安托尼特王后最小的儿子。 法国大革命时路易十六被送上断头台,年仅八岁的查尔斯·路易成为国王,但被囚禁于与世隔绝的监狱。 有人说他是被害死的,有人说他没有死,尸体只是调包,还有人说他逃走了。 1795 年 6 月 8 日,法国官方宣布十岁的路易十七死于肺结核。

的公务员会乐意抛下手头工作，仅仅为了取悦她而跑到印刷店去翻箱倒柜地找东西。

格兰特捡起一张伊丽莎白女王时代的画像。那是一个身穿天鹅绒、戴着珍珠的男人。他翻到背面去看这人是谁，结果发现是莱斯特伯爵①。

"原来这就是伊丽莎白的罗宾，"他说，"我想我从来没看过他的画像。"

马塔垂眸看着这张颇具男子气概的、丰满的脸庞，感慨道："我第一次意识到，历史的最大悲剧之一，莫过于伟大的画家总要等到你已经过了最好的年华以后才来为你画像。罗宾年轻时一定是个美男子。人们还说亨利八世年轻时曾经美得令人目眩，可他现在怎么样了？还不是成了扑克牌上的一个摆设。② 现在我们至少知道丁尼生③在长出恐怖大胡子之前长什么样儿了。我得走了。已经很晚了。我在布莱格吃的午餐，当时好多人围上来找我闲聊，害得我无法按计划早早离开。"

"但愿请你吃饭的人对你印象深刻。"格兰特说，看了眼她的帽子。

"哦，是的。她很懂帽子。她只看了一眼就说：'雅克·杜丝吧，我想。'"

"她？！"格兰特被惊到了。

———————

① 莱斯特伯爵（Earl of Leicester）：即罗伯特·达德利（Robert Dudley），十六世纪英格兰宫廷权臣，据说是伊丽莎白女王的一生所爱。
② 亨利八世：1509～1547 年在位，都铎王朝第二任国王。亨利八世推行宗教改革，将新教引入英格兰，使英国教会脱离罗马教廷，英国王室的权力达到顶峰。据说亨利八世是扑克牌中四张 K 的人物原型，其标志是卷曲的向两边分开的小胡须和络腮胡子。
③ 丁尼生（Tennyson）：英国维多利亚时代的著名诗人。

"是的。马德琳·玛尔奇,而且是我请她吃的饭。别表现得那么惊讶,这有失分寸。如果你一定要知道的话,我想让她给我写那出关于布莱辛顿女士的剧本。以前我总是匆匆忙忙的,一直没找到机会给她留下印象。但是今天,我好好地请她吃了一顿饭。我想起托尼·彼特梅克有一回宴请了七个人。真是酒香四溢啊。你能想象得出他是怎么做到的吗?"

"不清楚。"格兰特说。

马塔笑着离开了。

在一片静寂中,格兰特开始回想伊丽莎白的罗宾。罗宾身上有什么未解之谜呢?

哦,对了。艾米·罗伯萨特①。当然。

他对艾米·罗伯萨特不感兴趣,也不在乎她是出于何故以及怎么从楼梯上摔下来的。

虽然如此,剩下的这些面孔还是让他度过了一个非常愉快的下午。早在当警察之前他就对观察人们的面容很有兴趣。在苏格兰场的这几年证明这个兴趣不仅是个人爱好,更堪称一项专长。早年他曾经和带他的长官目睹过一次指认的过程。那案子不归他们管,他们只是因为办其他事刚好在场。当时他们在审讯室后面的屋里观察两个证人——一男一女——分别在并排站着的十二个面容相近的男子面前走过,并试图在他们中找到记忆中的脸。

"谁是坏人,你知道吗?"长官在他耳边小声问。

---

① 艾米·罗伯萨特(Amy Robsart):达德利勋爵的妻子,被发现死于牛津郡的家中楼梯下,脖子被摔断,据称是被其夫谋杀的。

"我不知道。"格兰特回答,"但我可以猜一下。"

"是吗? 你猜是哪个?"

"左数第三个。"

"罪名是什么?"

"我不知道。 我对这案子真的一无所知。"

长官看向他的目光颇有深意。 那一男一女没能做出指认就离开了。 本来站成一排的人们轰然散开。 他们聊着天,整理衣领,系好领带,在受召协助完司法程序后重新回到大街上,回到自己的日常生活中去。 唯一没有走动的是左数第三个人。 他顺从地站在那里,等人来把他带回牢房。

"不得了! 十二分之一的概率,猜对了。 干得漂亮。"长官说,"他把你的人从那一堆人里挑出来了。"他跟当地的巡官解释道。

"你认识他吗?"巡官有点惊讶,"据我们所知,他以前没犯过事啊。"

"不,我从来没见过他。 我甚至不知道他的罪名是什么。"

"那你为什么选他?"

格兰特犹豫了。 那是他有生以来第一次分析自己做出选择的过程。 跟理性判断无关。 他并没说过:"这人的脸有这样或那样的特征,所以他是嫌犯。"他的选择几乎全靠直觉,理由也只存在于他的潜意识里。 最后,沉溺在潜意识里好一阵的他脱口而出:"他是十二个人里唯一一个脸上没有皱纹的。"

听了这话,他们笑了起来。 这样明明白白把自己的路数暴露出来,倒是让格兰特看清了自己的直觉是如何运作的,也意识到了隐藏在背后的道理。"这听起来有点傻,但其实不然,"他说,"脸上没有皱纹的成年人,只能是白痴。"

"弗里曼可不是白痴,"巡官打断他,"依我看,他精着呢,相信我。"

"我不是这个意思。我的意思是,白痴是没有责任感的,是标准的不负责任的人。那站成一排的十二个人都有三十多岁了,只有一个人长着一张不负责任的脸,所以我就选了他。"

从那以后,苏格兰场就流传起一个善意的笑话:格兰特会"看相"。警务处的助理处长还曾经开玩笑说:"别告诉我你相信这世上竟然有'犯罪脸'这种东西,探长。"

格兰特说并非如此,没那么单纯。"假如世界上只存在一种犯罪形式,也许还有这种可能,先生。然而犯罪手法就像人的天性一样多变。如果一个警察想给面孔分类,他会被淹没在面孔的海洋里。随便找一个下午,在五点和六点之间去邦德街走走,你大概能知道纵欲过度的女人长什么样。可是,伦敦最臭名昭著的女花痴看上去却像个冷冰冰的圣女。"

"最近可不怎么圣洁,她这几天酒喝得太多了。"助理处长说。他一下就猜到了那位女士是谁,随即转移了话题。

但是格兰特始终保持着对面孔的兴趣,逐渐演变成了有意识的研究,他通过记忆和比较不同的案件来完善它。正如他所说的,纵然为面孔分类是不可能的,但描述特定面孔的特征却是可行的。举个例子,为了满足公众的好奇心,一些著名案件的文献资料里会公开与案件有关的主要人物的照片。从来不需怀疑谁是被告、谁是法官。在某些情况下,辩护律师看上去好像与被告席上的囚犯换了位置。然而,归根结底,辩护律师与世上所有人一样有着七情六欲,他们只不过是在充当人道主义的表征物而已。法官却独具一种绝对正直超然的气质,即使脱掉假发,也没有人会将他同被告席上那些既不正直也不超然的人搞混。

被马塔从自己的"舒适小窝"中拽出来的詹姆斯显然也很享受做这件事的过程。他挑选出来的罪犯和受害者让格兰特颇为受用,直到短粗胖把茶端了进来为止。当他把这些图片整理好准备放进床头柜时,摸到了一张之前未曾留意的图片。那张图片滑到了他的胸前,整个下午都默默无闻地躺在被子上。他把它捡起来,仔细观察了一番。

这是一个男人的画像。一个头戴天鹅绒帽子、穿着十五世纪末开衩紧身上衣的男人。约莫三十五六岁。很瘦,胡子刮得干干净净。他的衣领上缀满宝石,正在将一枚戒指戴在右手小指上。可是他的眼睛并没看戒指,而是望向一片虚无。

在今天下午格兰特看过的所有画像中,这张是最特别的。画家好像努力想用颜料来表达点什么,落笔时却被难住了。他败给了那人的眼神——那独一无二的、引人注目的神情。嘴唇也是如此。看上去他似乎还没有学会怎样为这样一对如此薄又如此宽的唇瓣赋予动感,因此嘴唇显得很生硬,成为了彻底的败笔。他最成功的地方在于对脸部轮廓的刻画:线条硬朗的颧骨、凹陷的脸颊和由于过大而缺乏力度的下巴。

格兰特没有急着把画像翻到背面。他多花了一点时间来研究这张脸。法官?军人?王子?这是一个曾经大权在握,且肩负重任的人。一个尽职尽责的人。一个殚精竭虑的人。或许还是个完美主义者。一个见过大风大浪,同时又粗中有细的人。属于胃溃疡的易感人群,而且从小就体弱多病。在他的脸上,痛苦童年遗留下来的印记一言难尽、无法形容,虽不如跛

他的眼睛并没看戒指，而是望向一片虚无

足者的面容消沉，却也是无法掩饰的郁卒。 画家对此了然于胸并用艺术的语言将其再现。 从微肿的眼袋上来看，他就像一个贪睡的孩子，就皮肤的肌理而言，又像一个颇具老态的年轻人。

格兰特把画像翻了过来，寻找备注的文字。

画像背面印着："理查三世。 存于国家肖像画廊。 作者不详。"

理查三世。

所以就是他了。 理查三世。 那个驼子。 床头故事里的怪物形象。 纯洁的毁灭者。 邪恶的同义词。

格兰特又把画像翻回正面。 这就是画家在描绘他的眼睛时想传达的讯息吗？ 他从这双眼睛里看到了什么——一个着了魔的人？

格兰特躺在床上，凝视着那张面孔。 许久。 与众不同的狭长眼睛相距颇近，紧蹙的眉头带着自怨自艾的味道。 初看时以为他在注视着什么，看久了才发现他的眼神躲躲闪闪，近乎游离。

短粗胖折回来收拾杯盘时格兰特还在端详那幅画像。 他已经很久没有遇到这种情况了。 相比之下，《蒙娜丽莎》就像一张海报。

在检查过原封未动的茶杯，又熟练地用手试了一下茶壶的温度之后，短粗胖噘起了嘴。 她想表达的意思无非是：在给他端茶送水之外，她还有更好的事可做。

格兰特把画像推到她面前。

她会怎么想？ 如果这个人是她的病人，她的诊断是什么？

"肝病。"短粗胖回答得很干脆。 她端走茶具时，把高跟鞋踩得咚咚响，以此来表达不满之情。 她微卷金发下的制服浆洗得挺括非常。

但是与她擦身而过走进来的外科医生却持有不同看法。这位医生为人很随和。在格兰特的邀请下，他接过画像，饶有兴趣地打量了一番：

"脊髓灰质炎。"

"小儿麻痹症？"格兰特说着，突然想到理查三世确实有一条萎缩的胳膊。

"这人是谁？"医生问。

"理查三世。"

"真的吗？有意思。"

"你知道他有一条胳膊是萎缩的吗？"

"是吗？我不记得有这回事。我只记得他是个驼背。"

"对。"

"我记得他刚出生时满口牙就长齐了，还生吞活蹦乱跳的青蛙。看吧，我的诊断居然没错。"

"太不可思议了。你是怎么看出他有脊髓灰质炎的？"

"让我说出个所以然来确实不容易，可能是从脸上看出来的吧。他脸上有跛脚孩子独有的神情。也可能是驼背造成的，与脊髓灰质炎无关，如果他的驼背是天生的话。我发现画家没把他的驼背画出来。"

"的确。宫廷画师多少都有点眼色。在克伦威尔之前，还没有哪个金主要求画家把'痣和所有的一切'都画出来。"

"要是让我说，"医生一边说，一边心不在焉地检查格兰特腿上的夹板，"克伦威尔对权势的颠覆之举让我们大家直到今天都在受苦。'我是一个普通人，我就是我，别胡诌八扯。'没有礼节，缺乏风度，不够宽容。"他随手捏了一下格兰特的脚趾，"这是一种传染病。可怕的曲解。在这个国家的某些地方，据我所知，穿正装、打领带到选区去足以断送一个人的政治生命。那样穿戴有伪君子的嫌疑。最理想的状态是扮成普通人。看起来很健康。"医生最后加了一句，指的是格兰特的脚趾，接着又把话题转移到他对床单上那幅画像的诊断上。

"很有意思，"医生说，"关于脊髓灰质炎的事。也许他真得过脊髓灰质炎，导致他的胳膊萎缩。"他又沉吟半晌，并没有离开的意思。"真有意思。不管怎么说。这是一个谋杀犯的画像。他长得像谋杀犯吗，你觉得？"

"没有所谓的谋杀犯的长相。促使人们犯下谋杀罪的动机太多了。不过，在我办过的案子和我所知道的历史卷宗里，不记得有哪个谋杀犯是和他长得像的。"

"当然，他在他那个领域里可以说是无人能敌了。他压根就没有良知这个概念。"

"确实。"

"我见过奥利弗扮演他。对彻骨的邪恶的骇人诠释，真的是。始终在光怪陆离的边缘徘徊，却从未置身其中。"

"我把画像给你看时，"格兰特说，"在你知道他是谁之前，你想过'邪恶'这个词吗？"

"没有。"医生说，"没有。我在想他有什么病。"

"这很奇怪，不是吗？我也没想到'邪恶'。现在我读到了画像背后的名字，知道了他是谁，除了'邪恶'我就再也想不到其他词了。"

"我想，对'恶'与'美'的判断是因人而异的。好了，我周末前还会再来看你一次。还有哪里不舒服吗？"

然后医生走了，就像他来时一样亲切、随和。

竟然把历史上最臭名昭著的谋杀犯误认成了法官，将犯人从被告席送上了审判席，这一误判刺痛了格兰特的自尊心。 当他带着更多的疑惑再三审视时，才意识到画像本身就是解谜线索。

笼罩在理查三世身上的谜团是什么？

这时他想起来了。 理查谋杀了两个小侄子，没人知道他是怎么做的。孩子们就那样消失了。 如果他没记错的话，他们是在理查不在伦敦期间消失的。 雇凶作案。 然而两个孩子的真实命运却成了千古谜案，没有人知道真相。 在查理二世的时候，有人发现了两个头骨，然后将之下葬了。 是在某个楼梯底下发现的吧？ 人们理所当然地把那两个头骨当成了小王子们的遗骸，但实际上并没有确切证据。

一个受过良好教育的人能记住的历史居然如此之少，着实令人唏嘘。 格兰特知道的关于理查三世的一切仅限于他是爱德华四世的弟弟。 爱德华是个身高超过一米八、相貌出众的金发男子，撩起女人来颇有一套。 理查却是个驼子，在他哥哥死后篡夺了王位。 为了永绝后患，他还谋杀了年幼的王储和王储的弟弟。 格兰特还知道理查死于博斯沃思战役[①]。 死前留下的最后

[①] 博斯沃思战役（Battle of Bosworth）：发生在公元 1485 年，是兰开斯特王朝和约克王朝之间战争中最重要的一场战役，导致了约克王朝最后一任国王理查三世的死亡。 是英国历史上重定乾坤的重要战役。

一句话是吵着要一匹马①。 他是金雀花王朝②的最后一任君主。

每一个读完《理查三世》的学生都会松一口气,因为"玫瑰战争"终于结束了,他们可以开始学习都铎王朝的部分了。 后者虽然枯燥乏味,但起码容易理解。

当短粗胖进来给他铺床时,格兰特说:"有没有可能,你刚好有本历史书?"

"历史书? 没有,我要一本历史书干吗。"

这不是问句,格兰特不必作答,但是他的沉默令她有些烦躁。

"如果您真的想要一本历史书,"她略略停顿了一下,说,"达洛护士给您送晚饭时,您可以问问她。 她把当年学过的所有课本都放在房间里的一个架子上,里面很有可能有历史书。"

保存课本! 这就是亚马逊的风格啊! 格兰特想。 她对校园生活的眷恋就像每年水仙花盛开时对格洛斯特郡的怀念一样。 当她踩着沉重的步子,端着奶酪布丁和炖大黄走进房间时,格兰特用一种近乎悲悯的宽容目光望着她。 此时她已不再是那个喘气如风箱的魁梧妇人,而摇身一变成了他潜在的快乐源泉。

---

① 来自莎士比亚《理查三世》中的标志性台词:"一匹马! 一匹马! 用我的王国换一匹马!(A horse! A horse! My kingdom for a horse!)"
② 金雀花王朝(House of Plantagenet):十二至十四世纪统治英国的封建王朝。1154 年由亨利二世开创。 1399 年理查二世逝世后的英格兰由该朝的两分支系——兰开斯特王朝和约克王朝先后统治,而这两家族因为王位争夺而爆发了十五世纪后半叶的玫瑰战争。

啊，没错，是有一本历史书，她说。实际上，她认为自己有两本。她保存着所有的课本，因为她热爱学校时光。

她是不是还留着玩具娃娃呢？这话在格兰特舌尖上打了个转，但被他及时咽回去了。

"可不是吗，我爱历史，"她说，"这是我最爱的课程。狮心王理查①是我心中的英雄。"

"一个令人无法忍受的莽汉。"格兰特说。

"哦，不是的！"她说，一副很受伤的样子。

"就像得了甲亢一样，"格兰特无情地说，"上蹿下跳，活像一个劣质的炮仗。你要下班了吗？"

"收拾完餐盘就可以走了。"

"今晚你能帮我找到那本书吗？"

"您应该多休息，而不是不眠不休地看历史书。"

"没有历史可看，我就会看天花板。你会给我拿来吗？"

"我不认为我会为了一个对狮心王不敬的人专门跑一趟护士宿舍再赶回来。"

"好吧，"格兰特说，"我又算不上什么殉道者。我相信狮心王代表了骑士精神，是无所畏惧的骑士、无懈可击的将领，比得杰出军人奖的人还要厉害三倍。现在你愿意帮我拿书了吧？"

---

① 理查一世：1157~1199年在位，又名狮心王理查（Richard the Lionheart），是英格兰金雀花王朝的第二位国王，因其在战争中总是一马当先，犹如狮子般勇猛，因此得到"狮心王"的称号。

"我看您确实急需读点历史,"亚马逊用那双令人叹为观止的大手抚平了床角的褶皱,"等我再路过这里的时候会把书带来,我正好要去看电影。"

将近一个小时以后她才姗姗来迟,穿着一件骆驼毛外套。 病房已经熄灯了。 她的身影出现在格兰特的台灯下,像一个和善的妖精。

"我本来还盼着您已经睡了,"她说,"我真不建议您从今晚就开始看书。"

"如果有什么东西能让我快点入睡的话,那就是一本英国历史书了,"格兰特说,"所以你大可把心放在肚子里,跟别人手牵手去看电影吧。"

"我和巴洛丝护士一起。"

"你们还是可以手牵手啊。"

"我对您失去耐心了。"她很有耐心地说,身影又消失在黑暗中。

她带来了两本书。

一本是历史读物。 它和历史之间的关系类似"圣经故事"和《圣经》之间的关系。 卡努特①在岸边训斥他的大臣,阿尔弗雷德②烤煳了蛋糕,雷利③为伊

---

① 卡努特大帝(Canute the Great):1016~1035 年在位,一人兼任丹麦和英格兰两国国王,形成了一个版图包括挪威、英格兰、苏格兰大部和瑞典南部的卡努特王朝。
② 阿尔弗雷德大帝(Alfred the Great):871~899 年在位,英格兰盎格鲁-撒克逊时期韦塞克斯王朝的国王。
③ 沃尔特·雷利(Walter Raleigh,约 1552~1618 年):十六世纪英国政客、军人、诗人和科学爱好者,同时也是一位探险家,是伊丽莎白女王的情人之一。 据说为了让伊丽莎白能够走过泥泞的路面,他曾经把斗篷铺在路上。

丽莎白铺开斗篷，纳尔逊在"胜利"号船舱里辞别哈代①。所有历史事迹都用大号字体讲述，每句话自成一段，每个章节配有一整页插图。

亚马逊对这些童年读物如此珍视，不由得令人有些感动。格兰特翻开书籍的扉页，想看看是否有亚马逊的签名。上面写着：

艾拉·达洛

三年级

新桥高中

新桥

格洛斯特郡

英格兰

欧洲

世界

宇宙

---

① 霍雷肖·纳尔逊（Horatio Nelson，1758~1805年）：世界著名海军统帅，被誉为"英国皇家海军之魂"，一生经历诸多战役。在1805年的特拉法尔加战役中，他以"胜利"号作为旗舰击溃法国及西班牙组成的联合舰队，迫使拿破仑彻底放弃海上进攻英国本土的计划，但自己却在战事进行期间中弹牺牲。据说纳尔逊临终前在船舱里召唤舰长托马斯·哈代（Thomas Hardy，后为爵士），交代临终嘱托后说："吻我，哈代（Kiss me, Hardy）。"哈代轻吻了纳尔逊的脸颊。纳尔逊说了一句"愿主祝福你，哈代（God bless you, Hardy）"，哈代这才离去执行任务。后直到纳尔逊死去时，哈代仍在甲板上指挥战事。

这些文字被一堆美丽的彩色转印贴纸环绕着。

所有孩子都会这么做吗？他想。像这样写下他们的名字，利用上课时间玩转印贴纸？他当然也这么做过。这些艳丽而幼稚的色块让他忆起了久违的童年。他已经忘记了转印贴纸给他带来的兴奋感，那种当你撕下胶膜、看到印得完美无缺的贴纸时的那个美好而满足的瞬间。成人世界鲜有这样的满足感。最接近的时刻也许在你打高尔夫球时挥出了干净、漂亮的一杆，或是当钓鱼线收紧，你知道鱼儿已经上钩的时候。

这本小书让格兰特非常愉快，于是他将它从头到尾读了一遍，颇为庄重地读完每一个充满童趣的故事。这些故事，无论如何，毕竟是每一个成年人记忆中的历史。当那些吨位磅重、船舶税、《劳德祷文》①、黑麦屋阴谋②、《三年法案》③以及持续不断的分裂与骚动、契约和背叛从人们的意识里消失时，这些故事成了他们心中硕果仅存的回忆。

格兰特读到了理查三世的故事，标题是"塔中王子"。年纪尚幼的艾拉似乎把小王子当成了狮心王差强人意的替代品，因为她用铅笔把故事里的每一个字母"O"都小心而整齐地填满了。故事的插图画着两个金发的小男孩在透过铁窗洒下的阳光里玩耍。两个人都戴着过时的眼镜。插图的空白处

---

① 《劳德祷文》（Laud's Liturgy）：十七世纪英国坎特伯雷大主教威廉·劳德（William Laud）名下的宗教典籍。
② 黑麦屋阴谋（Rye House Plot）：1683年一群反对约克公爵詹姆斯继承王位的新教徒，计划在黑麦屋刺杀国王与詹姆斯，让新教君王即位。这件事后来被称为"黑麦屋阴谋"事件。
③ 《三年法案》（Triennial Act）：英国国会在1694年制订的法案，法案规定每三年召开一次国会，每届国会的任期不得超过三年。

有玩过井字格游戏的痕迹。 看来，在小艾拉眼中，两个小王子的死是值得痛惜的事。 不过这确实是一个吸引人的情节。 毛骨悚然的故事最能吊起孩子们的胃口。 无辜的孩子，邪恶的叔父，典型事件里的典型人物。

它还带有道德寓意。 一则完美的警世故事。

但是国王并没有从他的恶行中得到好处。苏格兰人民因他的冷血和残忍而深感震惊，决定不再拥戴他为国王，并找到了他在法国的远房侄子亨利·都铎①取而代之。纵然理查在后来的战役中英勇战死，也难以抹去他在全国范围内的恶名，许多人背叛了他，临阵倒戈。

嗯，故事写得简洁而不落俗套，笔法简单明了。

他开始看第二本书。

这本是中规中矩的历史教材。 它把英国两千年来的历史分门别类，精编成册，方便人们随时检索。 分类的依据照例是朝代的更迭。 这也就难怪人们总是把某位名人挂在某个朝代底下，而忽略了他也曾经被其他国王统治过的事实。 每个人就像被放进鸽笼子里一样。 皮普斯②：查理二世。 莎士比

---

① 亨利·都铎（Henry Ⅶ，1457～1509年）：英格兰国王，都铎王朝（Tudor Dynasty）的建立者。 他是亨利六世的同母异父弟弟艾德蒙德·都铎和玛格丽特·博福特郡主的儿子，在法国布列塔尼流亡长大，被视为兰开斯特派首领。 后在博斯沃思战役中打败理查三世，随即称王即位，史称亨利七世。 统治英格兰王国及其属土周围地区。
② 塞缪尔·皮普斯（Samuel Pepys，1633～1703年）：英国托利党政治家，历任海军部首席秘书、下议院议员和皇家学会主席，但他最为后人熟知的身份是日记作家。

人们总是把某位名人挂在某个朝代底下

而忽略了他也曾经被其他国王统治过的事实

亚：伊丽莎白。 马尔博罗①：安妮女王。 几乎没人想过，见过伊丽莎白女王的人也有可能见过乔治一世。 这种断代史的思维模式是从小就养成的。

不过这确实可以简化事情，尤其对一个拖着一条残腿、脊椎受损的想从死去的皇族身上挖掘点信息又不想把自己逼疯的警察来说。

理查三世统治的时间竟如此之短，格兰特感到很意外。 凭区区两年时间就成了英格兰两千年历史中最出名的统治者之一，他必然具备某种非凡的人格。 理查未能取悦于民，却影响深远。

这本历史教材也认为他的性格独树一帜。

> 理查是个能力很强的人，但行事风格相当不择手段。他公然将王位据为己有，理由是他的兄弟和伊丽莎白·伍德维尔②的婚姻不合法，致使两人的后嗣也不能成为合法继承人。一些畏惧出头的人为他的权势所慑，接受了他，然后他便开始向更支持他的南方扩张势力。然而，就在他节节胜利之时，原本居住在伦敦塔中的两位小王子失踪了，据说是遭到了谋杀。一系列的反抗运动随之而来，又被理查用暴力手段镇压下去。为挽回失去的民心，理查召开国会，通过了一些实在的法令，取消了德税、维护税和雇佣税。

---

① 约翰·丘吉尔（John Churchill，1650~1722年）：英国军事家、政治家。 他在西班牙王位继承战争中大展神威，成为近代欧洲最出色的将领之一，于1702年被安妮女王（Anne of Great Britain，1665~1714年）封为马尔博罗公爵（Duke of Marlborough）。 曾担任英国首相的温斯顿·丘吉尔是他的直系后裔。
② 伊丽莎白·伍德维尔（Elizabeth Woodville，约1437~1492年）：英格兰爱德华四世的王后，后文有详细说明。

但第二场反抗运动接踵而至,还带有入侵的性质。兰开斯特的亨利·都铎率领法军大举进犯。两人在莱斯特郡附近的博斯沃思狭路相逢,斯坦利的阵前倒戈成就了亨利①。理查英勇战死沙场,其后世声名恐怕只有约翰王②能与之相比。

德税、维护税和雇佣税到底是什么东西?

英格兰人为何愿意让法国军队来决定谁继承王位?

不过,当然,在玫瑰战争时期,法国和英格兰处于半分离状态。对于英格兰人来说,爱尔兰比法国更像外国。一个十五世纪的英格兰人把去法国视为理所当然的事,而只有在表示抗议时才会去爱尔兰。

格兰特躺在床上,想着英格兰。作为玫瑰战争战场的英格兰,从坎伯兰到康沃尔③没有一根烟囱的、绿油油的英格兰,尚未开垦的、有着充满野趣的森林的英格兰,广袤沼泽中遍布飞禽走兽的英格兰。还有那每隔几英里就坐落着一模一样村落的绵延无尽的英格兰——城堡,教堂,农舍;修道院,

---

① 博斯沃思战役中,理查三世的大将托马斯·斯坦利勋爵(Thomas Stanley,亨利的继父)的弟弟威廉·斯坦利爵士(William Stanley)率三千人公开倒戈,约克军遂告瓦解,对此战的战局起到了关键作用。

② 约翰王(King John):1199~1216年在位,外号"无地王约翰"(John Lackland),英国历史上最不得人心的国王之一。他曾试图在理查一世被囚禁在德国期间夺取王位,但后来理查宽恕了他并指定他为继承人,从而剥夺了约翰的长兄杰弗利(Geoffrey)之子亚瑟(Arthur)的权利。

③ 坎伯兰(Cumberland)是位于英格兰西北部、苏格兰交界处的历史古镇。康沃尔(Cornwall)位于英格兰最西南部,毗邻大西洋。

教堂，农舍；庄园，教堂，农舍。围绕着村落的是耕地，耕地再往外是无边无际的绿。纯粹的绿。车辙深刻斑驳的印痕将村落连在一起，冬日里泥泞不堪，夏天则是尘土飞扬。野玫瑰和红色的浆果随着四时的交替装点了路边的风景。

整整三十年。玫瑰战争就发生在这片地广人稀的绿色土地上。不过，与其说它是战争，不如说是一场家族内的血雨腥风。恰似蒙太古和凯普莱特两家的恩怨①，这场战争和普通百姓无甚关系。没有人会闯进你家大门逼问你在约克家族和兰开斯特家族之间支持哪一方，若是没有得到想要的答案就把你送到集中营里去。这是一场微型的战争，简直就像一次私人斗殴。他们在你家牧场里干仗，把厨房当更衣室，接着又把战场转移到其他地方。几个星期后，你也许会听说在那天的战斗中发生了什么。战争的结果可能会引起家庭纠纷，因为你太太支持兰开斯特，你却支持约克，而这更像支持对战的两支球队。没有人会因为你属于兰开斯特或约克阵营而迫害你，正如没有人会因为你是阿森纳或切尔西的球迷而找你麻烦一样。

直到入睡前，格兰特还在想着绿色的英格兰。

而对于两位年幼的王子和他们的遭遇，他并未想太多。

---

① 来自莎士比亚的著名悲剧作品《罗密欧与朱丽叶》。蒙太古和凯普莱特（Montague and Capulet）是一座城市的两大家族，这两大家族有深刻的世仇，罗密欧与朱丽叶分属于这两大家族。

与其说它是战争，不如说是一场家族内的血雨腥风

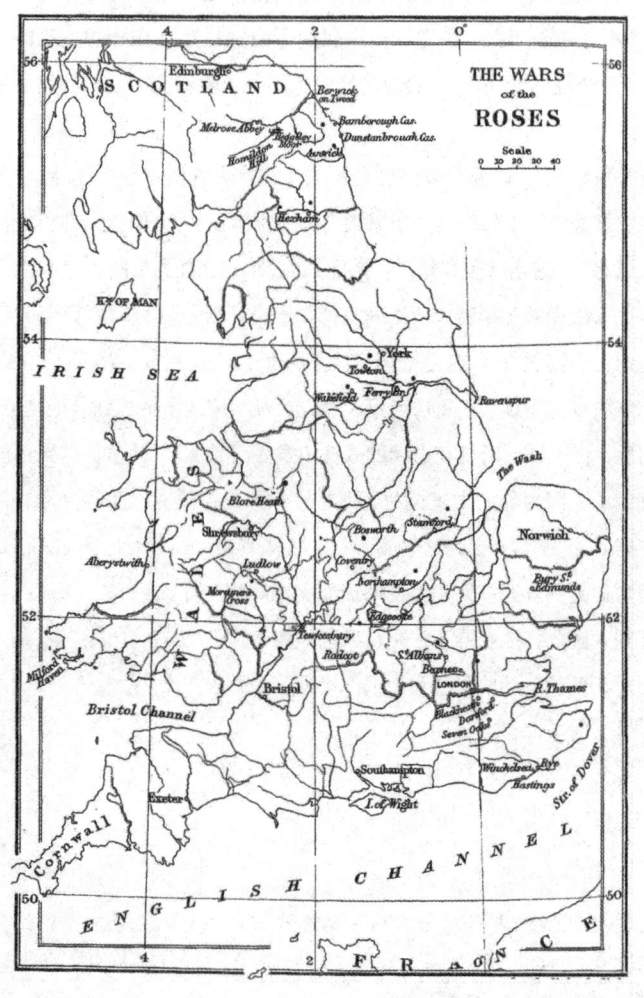

课本

一个人面兽心的凶手,
难道不是吗?

"您就不能找点更有意思的事做吗?"第二天早上,短粗胖问道,指的是被格兰特立在床边书堆上的理查的画像。

"你不觉得那张脸很有趣吗?"

"有趣? 他让我心惊肉跳,太阴沉了。"

"可是历史书里说,他是个很有能耐的人。"

"蓝胡子①也挺有能耐的。"

"而且看起来相当有名。"

"蓝胡子也是。"

"还是一位不错的战士,"格兰特促狭地说,期待下文,"蓝胡子也是吗?"

"您想从那张脸上看出什么? 他到底是谁?"

"理查三世。"

"哎,看吧!"

"你的意思是,你猜到他会长成这个样子?"

"当然。"

"为什么?"

"一个人面兽心的凶手,难道不是吗?"

"看来你挺懂历史的嘛。"

---

① 蓝胡子(Bluebeard):是法国诗人夏尔·佩罗(Charles Perrault)创作的童话故事的同名主角,他连续杀害了自己的几位妻子,因为胡须的颜色而得称。 该故事曾经收录在《格林童话》的初回版本里。

"大家都知道他弄死了自己的两个侄子。两个可怜的小东西,被活活闷死了。"

"闷死的?"格兰特来了兴趣,"这我倒是不知道。"

"是用枕头闷死的。"短粗胖迅速而准确地更换了新枕头,用小而有力的拳头捶打它们。

"为什么要闷死?为什么不用毒药?"格兰特问道。

"问我干吗,又不是我干的。"

"谁说他们是被闷死的?"

"我上学时的历史课本上这么写的。"

"嗯,但历史课本引用的是谁的说法?"

"引用?它没有引用谁的说法,它只是在陈述事实。"

"书上有没有说是谁闷死他们的?"

"一个叫泰瑞尔①的人。您上学时没学过历史吗?"

"我上过历史课,不过这是两码事。泰瑞尔是谁?"

"我记不清了。可能是理查的一个朋友吧。"

"为什么人们觉得是泰瑞尔干的?"

"他自己认罪的。"

"认罪?!"

---

① 詹姆斯·泰瑞尔(Sir James Tyrrell):理查三世的亲信,因"供认"在理查的授意下杀死塔中的两位小王子而闻名于世。莎士比亚在作品《理查三世》中将其塑造成杀害王子们的主谋。

"当然，在他的罪行揭露后，被吊死之前。"

"你是说，这个叫泰瑞尔的人真的因为谋杀两位王子而被绞死了？"

"是啊，当然了。我可以把这张阴沉的脸拿开，换点阳光的东西吗？昨天哈拉尔德小姐给您带来的图片里有不少好看的脸。"

"我对好看的脸不感兴趣。我只对阴沉的脸感兴趣，就是喜欢那些'有能耐的、人面兽心的凶手'。"

"也罢，大家各有所好。"短粗胖做出了让步，"谢天谢地，盯着他看的人不是我。不过，依我说，他会妨碍您的骨头愈合的。还是听我的话吧。"

"好吧，要是我的骨伤不能痊愈，你就全怪在理查三世头上得了。我想，这点额外的小罪名对他来说可谓微不足道。"

马塔再次来访时，他必须要问问她是否听说过这个泰瑞尔。马塔的文化水平虽然有限，但她毕竟在一所颇具声誉的学校里接受过价格不菲的教育，她也许读到过什么。

可是来自外面世界的第一位访客却是威廉姆斯警官。他有一张粉色的、光洁的大脸盘。这时的格兰特忘记了那些久远的战争，想起了活跃在当下的不法之徒。威廉姆斯像一棵植物一样笔直地坐在为访客准备的硬邦邦的小椅子上，双膝分开，浅蓝色的眼睛熠熠生辉，仿佛沐浴在窗前阳光里的心满意足的猫咪。格兰特热情地和他寒暄起来。能再次和同行聊天、用只有彼此之间才能听懂的行话和暗语交流真是一件愉悦的事。同样令人愉悦的是，他还能听听业内八卦和人事变迁，得知谁正春风得意，谁又仕途多舛。

"头儿让我问候你，"威廉姆斯站起来，临走前说道，"还说如果你有什么事需要帮忙尽管提。"他让眼睛避开了阳光的照射,看向了书堆边的照片。他歪着脑袋看了看,问:"这家伙是谁啊?"

格兰特正准备告诉他,忽然想起眼前这位跟他一样也是个警察,一个出于职业习惯和他一样熟悉各种面相的人。对于干他们这行的人来说,观察人脸是日常工作中必不可少的事。

"这是一幅十五世纪不知名画家画的男子肖像,"格兰特说,"你觉得怎么样?"

"我对绘画一窍不通。"

"不是那个意思。我是问你对画中的人物有什么看法?"

"哦,这样啊,"威廉姆斯倾身向前,疏淡的眉毛夸张地纠结成思索状,"你说的'看法'是什么意思?"

"这么说吧,你觉得他应该被放在哪里,被告席还是法官席?"

威廉姆斯想了想,很有信心地说:"法官席。"

"当真?"

"当然。怎么了?你不这么想?"

"不,我跟你想的一样。奇怪的是我们俩都弄错了,他是属于被告席的。"

"出人意料,"威廉姆斯说,又仔细看了一遍照片,"这么说来,你知道他是谁?"

"知道。他就是理查三世。"

威廉姆斯吹了声口哨。

"原来是他!是他啊!好吧,好吧。塔中王子的那些事。邪恶叔叔的原版。 如果你知道是他,就能看出他的本质,否则你不会往那方面想。 我是说,他是个恶棍,老霍尔斯伯里的翻版。 想想看吧,要是说霍尔斯伯里有什么缺点,那就是他对被告席的那些家伙太心软了,总是在最终审判时给他们好处。"

"你知道王子们是怎么被杀的吗?"

"我对理查三世一无所知,只知道他妈妈怀胎两年才生下他。"

"什么! 你从哪儿听说的这个故事?"

"历史课吧,我想。"

"那你上的学校一定非常好。 我的历史教材可从来没提到过怀孕的事。所以说莎士比亚和《圣经》课程更有新意,里面经常会冒出一些生活的真相。 你听说过一个叫泰瑞尔的人吗?"

"听说过。 P.&O.船运公司的骗子,在埃及号出海时淹死了。"

"不是,我是指历史人物。"

"我都说了,除了一〇六六和一六〇三这两年的事,别的我一无所知。"

"一六〇三年出什么事了?"格兰特问,还在想泰瑞尔的事。

"苏格兰成了我们的拖油瓶。"

"总比让他们每隔五分钟就来掐我们的喉咙要好。 据称泰瑞尔是下手害死那两个男孩的人。"

"那两个侄子? 我想不起来了。 好了,我得走了。 有什么需要我帮忙的吗?"

"你刚才说你要去查令十字街?"

"没错,我要去菲尼克斯。"

"你能帮我做件事。"

"什么事?"

"找一家书店,帮我买一本英格兰历史书,要那种写给成人看的。另外,再帮我带一本理查三世的传记,如果你能找到的话。"

"没问题,我会的。"

威廉姆斯出门时碰见了亚马逊。看到一个和自己块头相当的人穿着护士服,他很是惊讶。他有点尴尬地嘟囔了一句"早安",然后消失在走廊里。

亚马逊说她正要去给四号床换床单,但是她必须先来看看格兰特是不是已经服气了。

"服气?"

关于狮心王理查的高贵德行。

"我还没研究到理查一世呢。不过,让四号房多等会儿吧,跟我说说,关于理查三世你都知道什么。"

"哦,那些可怜的小羊羔。"她说着,牛眼里满是同情。

"谁?"

"那两个可怜的小男孩啊。曾经是我小时候的噩梦,我总梦见有人在我睡着后走进来用枕头捂住我的脸。"

"这就是谋杀的过程吗?"

"啊,当然了。您不知道吗?詹姆斯·泰瑞尔爵士趁权贵们都在沃里克时骑马跑回了伦敦,让代顿和弗瑞斯特杀死了男孩们,把他们埋在某个楼梯底下,还在上面压了一大堆石头。"

"你借给我的书里可没说这些。"

"啊哟,您懂的,那些历史知识都是应付考试用的。 在这种教科书里您是看不到真正有趣的历史的。"

"那你这些关于泰瑞尔的有趣八卦又是从哪儿听来的呢? 能和我说说吗?"

"这怎么能叫八卦呢,"她感觉自己受到了伤害,"在托马斯·摩尔爵士①对他那个时代的记载中就有。 历史上再也没有比托马斯·摩尔爵士更值得尊敬和信任的人了。 您说呢?"

"是的,质疑托马斯爵士是不礼貌的。"

"这不就得了。 托马斯爵士就是这么说的。 再说了,毕竟他就生活在那个时代,认识他所提到的每一个人。"

"包括代顿和弗瑞斯特?"

"不,当然不是。 我是说理查,可怜的王后和其他人。"

"王后? 理查的王后?"

"没错。"

"为什么说是可怜的?"

---

① 托马斯·摩尔(Sir Thomas More, 1478~1535年):用英文和拉丁文写了英国历史学的第一篇名著《国王理查三世本纪》,虽然没有完稿,但对后世产生影响,莎士比亚的戏剧《理查三世》就是以摩尔的这本书为蓝本,成功地塑造了一个暴君的形象。

"他让她过着可怕的生活。据说他还给她下毒,因为他想娶自己的侄女。"

"为什么?"

"因为那女孩是王位的继承人啊。"

"我明白了。在除掉了两个男孩之后,理查想娶他们的姐姐。"

"是的。你瞧,他总不能在那两个男孩里挑一个做老婆吧。"

"不。我想哪怕是理查三世也不会有这种想法。"

"所以他想娶伊丽莎白,这能让他感到王位更加稳固。实际上,当然了,她嫁给了他的继任者①。她是伊丽莎白女王的祖母。我很欣慰伊丽莎白女王身上流着金雀花王朝的血。我始终不太喜欢都铎家的人。好了,我必须走了,要不没法在护士长巡房前把四号房收拾好。"

"那将是世界末日。"

"那将是我的末日。"她说完就走了。

格兰特再次把她留下的书从书堆中抽出来,试图给玫瑰战争理出头绪。但是他失败了。军队进攻,后退,进攻,又后退。约克家族和兰开斯特家族以令人眼花缭乱的胜负交替轮番成为胜利者,就像游乐场里的碰碰车不断地碰撞和旋转一样毫无意义。

然而,他认为引发这场混战的祸根早在近一百年前就埋下了,当时顺位

---

① 这里指的是约克的伊丽莎白(Elizabeth of York):爱德华四世和伊丽莎白·伍德维尔的女儿,塔中王子的姐姐,后来成了亨利七世的王后。

继承的脉络因理查二世①的废黜而被迫中断。 格兰特对这些的了解来自年轻时在新剧院看过的《波尔多的理查》②。 这出戏他看了四遍。 篡位的兰开斯特家族统治了英格兰三代③。《波尔多的理查》时代下的亨利命运不济却很有作为。 莎士比亚笔下的哈尔王子④凭借阿金库尔战役荣誉加身,享有民众热诚的拥戴,却不料生了个昏庸无能的儿子。 眼看着可怜的亨利六世那些无能的朋友们在法国摧毁功绩,而亨利自己要么忙于伊顿的新投资项目⑤,要么恳求贵族妇女少露一点胸脯,人们渴望王权回归正统的心情也就不难理解了。

---

① 理查二世(Richard Ⅱ, 1367~1400年):英格兰国王,1377~1399年在位。 黑太子爱德华之幼子。 其父亲和兄长相继在祖父爱德华三世之前去世,由年仅十岁的理查继承祖父王位。 彼时实权被其叔父兰开斯特公爵冈特的约翰(John of Gaunt)把持。 理查因此记恨兰开斯特家,亲政后驱逐了堂弟兰开斯特公爵亨利并没收其领地。 1399年,亨利在国王远征爱尔兰时举兵拘捕了国王,并让国会同意将理查废黜,自己即位为亨利四世。 兰开斯特王朝就此开始。
② 本书的作者约瑟芬·铁伊原名伊丽莎白·麦金托什(Elizabeth Mackintosh)。 1932年,她曾以"戈顿·戴维奥特"的笔名创作舞台剧《波尔多的理查》(*Richard of Bordeaux*),并在剧院上演一年。
③ 即亨利四世、亨利五世和亨利六世三代国王。 亨利五世在其短暂的九年统治期间取得了中世纪任何一位英格兰国王都未取得过的军事辉煌,而他唯一的儿子亨利六世却性格软弱,将英格兰在亨利五世时代取得的丰硕战果丧失殆尽,且陷入血腥的玫瑰战争之中。
④ 哈尔王子即亨利五世,出自莎士比亚作品《亨利四世》。
⑤ 亨利六世在1440年创立了伊顿公学(Eton College),现已成为英国最著名的贵族中学,地处白金汉郡的泰晤士河河畔,与女王钟爱的温莎宫隔岸相望。

全部三代的兰开斯特都是令人反感的狂热分子，这和伴随理查二世逝去的那个信奉自由的王朝产生了强烈对比。一夜之间，理查和平共处的政策被焚烧异教徒的做法取而代之。整整三代的异教徒被焚烧致死。这也难怪在群众心中郁积已久的怒火会在街头蔓延开来。

正在那个时候，约克公爵在人们眼前亮相了。他能干、理性、有影响力、有天赋，是个出身正统的王子，从血缘上来讲是理查二世的继承人。人们也许并不奢求约克取代可怜的傻亨利，但确实寄希望于他能治理国家，收拾残局。

约克试过了，结果在战场上负伤而死。他的家人因此遭受了漫长的流亡。当这一切骚动和喧嚣结束后，登上英格兰王位的却是曾与他并肩作战的儿子。这个国家终于快乐地回到了那个身材高大、发色浅黄、风流不羁、俊美非凡而又聪明过人的年轻人——爱德华四世——的统治之下。

这便是目前格兰特对玫瑰战争的全部了解。

他把目光从书上移开，看见护士长正站在房间中央。

"我敲门了，"她说，"您看得太入神了。"

她站在那里，身形瘦削，神态疏远，和马塔一样有着属于自己的优雅。她那从白色袖口中伸出的双手轻轻交叠在细腰前，白色口罩诉说着不可侵犯的尊严。她身上唯一的装饰是一个银色徽章。格兰特怀疑世界上是否还有比大医院的护士长所表现出的更加不可动摇的仪态。

"我一直在看历史，"格兰特说，"看得太晚了。"

"值得称赞的选择，历史有助于人们看清事物。"护士长说，视线掠过画像，"你属于约克派还是兰开斯特派？"

"你认得画上的人?"

"哦,是的。我实习的时候经常去国家画廊。那时我没什么钱,脚又酸又疼,画廊里暖和又安静,还有很多座位。"她微微一笑,仿佛看到了当初那个年轻、疲惫又认真的自己。"我最喜欢肖像画的展厅,因为看人物画像的感觉就像在阅读历史。所有曾经叱咤风云的大人物如今剩下的只有名字、画布和颜料。那段时间我看了这画好多次,"她的思绪又回到眼前这幅画上,"一个最不快乐的人。"

"我的外科医生说他有小儿麻痹症。"

"小儿麻痹症?"她沉吟一番,"也许吧。我以前倒是没往那里想过。我一直觉得那是极度的不快乐。那是我见过的最绝望的、不快乐的脸,而我见过许多不快乐的脸。"

"你认为这幅画是在谋杀案发生之后被画出来的?"

"嗯,是的,非常明显。他不是那种举重若轻的人。他没那个能耐。他一定很清楚自己的罪行有多么的可憎。"

"所以,你觉得他是那种无法与自己的内心达成和解的人。"

"您形容得真好!是的,就是那种非常渴望某种东西,得到之后又发觉自己付出了太高代价的人。"

"这么说,你不认为他是个彻头彻尾的坏人?"

"不。哦,不是。坏人不会感到痛苦,而那张脸上写满了最可怕的痛苦。"

他们看着画像,沉默了好一会儿。

"那一定是报应,您知道的,很快他就失去了唯一的儿子,还有他妻子的死。他的世界那么快就化为乌有,看上去绝对是神明在主持正义。"

"他会在意他的妻子吗?"

"那是他的表妹①啊,两个人从小就认识了。所以不管他爱不爱她,她总归是个伴儿吧。我觉得,当一个人坐上王位的时候,身边有个伴儿应该是少有的幸事。现在我得走了,得去看看医院里情况怎么样。我还没来得及问我想问的事呢。我本来想问您今早感觉如何,既然有闲心去研究一个四百年前的死人,看来您的精神不错。"

她仍旧保持着他第一眼看到她时的姿势。现在,她露出了微不可见的、淡淡的微笑,双手仍微微交叉在腰带扣前向房门走去。她身上有一股超凡脱俗的沉静,像一位修女,一位王后。

---

① 理查三世的王后安妮·内维尔(Anne Neville)的祖父是索尔兹伯里伯爵理查德·内维尔(Richard Neville),而索尔兹伯里伯爵的妹妹是理查的生母,因此论辈分安妮实际上是理查的外甥女。

很快他就失去了唯一的儿子
还有他妻子的死
他的世界那么快就化为乌有
看上去绝对是神明在主持正义

历史

迈出那小小的一步,
真的有那么重要?

威廉姆斯警官直到午餐后才再次出现,气喘吁吁地抱着两本大书。

"放在门房那里就好了啊,"格兰特说,"我可没叫你一身大汗地把它们扛到楼上来。"

"我必须上来解释一下。时间只够去一家书店的,不过我去了街上最大的一家。这本是他们店里最好的英国史,据说也是所有地方能找到的最好的。"他把一本看上去很严肃的灰绿色大书放下,语气里带着股撇清责任的意味,"他们没有专门写理查三世的历史书,我的意思是,没有他的生平。但是他们给了我这本。"这是一本封皮上印着铠甲的精美小册子。书名叫《瑞比的玫瑰》①。

"这是什么?"

"指的是他妈妈,好像吧,如果你问的是玫瑰的话。我不能耽搁了,必须在五分钟内赶到苏格兰场,不然头儿会活剥了我。抱歉只能帮到你这么多。我下次再经过这里的时候会再来看你的。要是这两本不够好,我再看看还能不能再找到点别的。"

格兰特向他表达了真诚的谢意。

伴随着威廉姆斯离开的清脆脚步声,格兰特翻开了那本"最好的英格兰史"。结果发现这是本所谓的"立宪史"。整本书编纂严谨,配有极具启发

---

① 《瑞比的玫瑰》(*The Rose of Raby*):艾芙琳所著的关于理查母亲约克公爵夫人塞西莉·内维尔(Cecily Neville,1415~1495 年)的故事。

性的插图。 他们用《卢特雷尔赞美诗》①的插图描绘了十四世纪英国农耕的样貌,在伦敦大火②中间穿插了一幅当代伦敦地图。 对国王和王后们只是偶有提及。 坦纳的立宪史只关心社会的进步和政治的演化,如黑死病③、印刷术的发明、火药的使用和贸易商会的形成等。 但在令人望而生畏的日耳曼式的考据精神的驱使下,书中坦纳先生对某位国王及其亲眷的描述俯拾皆是。 在讲到印刷术的发明时就是如此。

一个来自肯特郡林区的、名叫卡克斯顿④的人在布商手下当学徒,那布商后来成了伦敦市长。 恩师去世后,卡克斯顿带着遗嘱中留给他的二十马克

---

① 《卢特雷尔赞美诗》(The Luttrell Psalter):由乔夫里·卢特雷尔爵士(Sir Geoffrey Luttrell)委托不知名艺术家在约 1320~1340 年间创作的一本羊皮手抄本赞美诗。

② 伦敦大火(Great Fire of London):发生于 1666 年 9 月 2~5 日,是英国伦敦历史上最严重的一次火灾,大火烧掉了许多建筑物,包括圣保罗大教堂,但切断了自 1665 年以来伦敦的鼠疫问题。

③ 黑死病(Black Death 或 Black Plague):人类历史上最严重的瘟疫之一。 据估计,中世纪欧洲约有三分之一的人死于此病。

④ 威廉·卡克斯顿(William Caxton):英国第一个印刷商,就对英国文学的贡献和影响力而言,除莎士比亚之外,大概无出其右者。 卡克斯顿出生在肯特郡维尔德的林区,1438 年前往伦敦,在著名的布商、后来的伦敦市长勒泽手下当学徒。 勒泽去世以后,卡克斯顿跨海前往比利时布鲁日创业,到了 1463 年,他已经做到了低地国一带的英国商会会长,地位非常显赫。 1476 年底,卡克斯顿应英格兰国王爱德华四世之诏,在伦敦西敏寺附近建立了英国第一个印刷厂,次年出版了在英国本土印刷的第一部英文书籍《哲学家的名言或警句》。 到 1491 年去世时,他出版了约 100 本书,其中有 24 本是他自己的译作。

去了布鲁日。 与此同时，在这个下着阴沉秋雨的低地国家，两个来自英格兰的年轻逃亡者正在低地海岸的浅水里艰苦跋涉。 向他们伸出援手的正是这个肯特郡的成功商人。 两个逃亡者则是爱德华四世和他的弟弟理查。 风水轮流转，后来爱德华回到英格兰成了国王，卡克斯顿也跟去了。 英格兰的第一批书就是为爱德华四世而印的，作者是爱德华的妹夫。

格兰特一边翻看，一边惊讶于人物在被抽离了个性之后，剩下的信息是多么的枯燥无趣。 人类的悲痛不再是个体的悲痛。 正如报纸的读者早就感知到的那样，大规模的令人不寒而栗的恐惧可以让人们脊背发凉，但他们的内心却不为所动。 中国的洪水淹死了一千人只是一则新闻，而一个孤单的孩子在池塘里溺亡却是一场悲剧。 所以，坦纳先生对英国种族如何演变的描述令人钦佩，却不怎么有趣。 不过，在讲到某些特别人物时，他也不可避免地、即兴地加上一些个人见解作为调剂。 在援引帕斯顿家族①的信件时就是这样。 这个家族习惯把历史上的大事小情像碎片夹在三明治里一样随信记述，订购色拉油时如此，询问克莱蒙特在剑桥过得如何时也一样。 于是在这些家庭琐事中便出现了下面的记录：两个约克家的小男孩乔治和理查寄宿在帕斯顿家族位于伦敦的居所里，他们的兄长爱德华每天都来看望他们。

毫无疑问，格兰特想，他把书暂时放在床单上，盯着如今已经被他视而不见的天花板。 毫无疑问，爱德华四世和他的弟弟理查所拥有的这种平民化

---

① 帕斯顿家族（The Pastons）：英格兰望族之一，在历史上以其留下的一部《帕斯顿信札》（Paston Letters）而闻名，这些书信跨越了声名显赫的帕斯顿家族几代人，把他们从一个卑微农夫的发迹到走向辉煌世族的过程生动地再现出来。

人物在被抽离了个性之后
剩下的信息是多么的枯燥无趣

的生活体验是过去所有英格兰国王都不曾经历过的。 此后也许也只有查理二世有过吧。 然而就算查理在逃亡中身无分文,他也始终是位王子,不能算普通人。 住在帕斯顿房子里的两个小男孩却只顶着约克家后人的名头,实则一点都不重要。 在帕斯顿家族写下那些书信的年代,他们更是处于无家可归、前途未卜的状态。

格兰特拿起亚马逊的历史书,想查看爱德华在伦敦的那段时间在忙些什么,结果发现他在招募军队。"伦敦一直偏爱约克家族,满怀热情的人们纷纷投身在年轻的爱德华麾下。"那本历史书如是说。

而年轻的爱德华,这位年仅十八岁的首都人民的偶像,在向他第一场胜利迈进的路上,还能抽出时间每天去看望两个年幼的弟弟。

格兰特猜想,理查对兄长无与伦比的忠诚也许就是在这一时期诞生的。那是终其一生从未动摇的忠诚。 历史书不仅没有否认这一点,还将其作为美德的佐证。"直到他哥哥死去的那一刻,理查始终是他风雨同舟的忠诚可靠的同伴。 不过,王冠的诱惑也许是太过严苛的考验。"或者借用历史读本里更通俗的语言来说:"理查一直是爱德华的好弟弟,但是当他发现自己有机会成为国王时,贪婪使他的心肠变硬了。"

格兰特又瞥了一眼画像,他敢肯定历史读本的说法太过离谱。 不管是什么原因促使理查的心肠硬到要实施谋杀的地步的,但应该不是因为贪婪。 也许历史读本指的贪恋权力? 也许吧。 也许。

不过理查已经坐拥世人所能想到的所有权力了。 他是国王的弟弟,而且富有。 难道再迈出那小小的一步真的有那么重要,重要到不惜通过谋杀兄长的孩子来得到它吗?

完全说不通。

丁克尔太太来给他送换洗的睡衣了。格兰特还沉浸在这个难题里。按照惯例，丁克尔太太每天都要聊聊报上的重要新闻。虽然她读新闻从来不读三行以上，但如果是跟谋杀有关的，她会仔细阅读每一个字，然后在回家给丁克尔先生做晚饭的路上再给自己买一份晚报。

今天她说的是约克郡那起砒霜中毒的开棺验尸案。她滔滔不绝地说着，直到看见格兰特的早报纹丝不动地躺在桌上的书堆顶上时才戛然而止。

"你今天不舒服吗？"她关切地问。

"我很好，小丁克，很好。为什么这么问？"

"你连报纸都没看。我姐姐就是这样，自从懒得看报纸以后，她的病情就恶化了。"

"别担心，我正在慢慢恢复，就连脾气都好多了，忘了看报纸是因为一直在看历史书。你听说过'塔中王子'吗？"

"所有人都听说过'塔中王子'。"

"那你知道他们是怎么死的吗？"

"我当然知道。有人趁他们睡着时用枕头把他们闷死了。"

"那人是谁？"

"他们的坏叔叔理查三世啊。你现在病着，不应该想这些事。你该读一些更美好、更愉快的东西。"

"你着急回家吗，小丁克？能不能绕路替我去一趟圣马丁巷？"

"不急，我有的是时间。是去找哈拉尔德太太吗？她要六点左右才能到剧院。"

"我知道。你能不能留个字条给她,这样她到了就能看见。"

格兰特拿起便笺和铅笔,写道:

"看在对麦克的爱的份上,帮我找一本托马斯·摩尔的《国王理查三世本纪》。"

他撕下便笺,折起来,写上马塔的名字。

"你可以把它交给后台门口的老萨克斯顿。他会转交给马塔的。"

"如果我能凑到后台门口的话。那里的椅子排着大队呢,"丁克尔太太说,用的是评论而不是阐述事实的语气,"那出戏要一直演下去了。"

她把折好的纸条小心地收进自己廉价的人造皮手提包里。这只边缘磨得破破烂烂的手提包和帽子一样是她不可分离的一部分。每年的圣诞节,格兰特都会送她一个新包。每一个都是秉承英国皮革制造业优良传统的艺术品,它们的设计如此出色、工艺如此完美,连马塔都可以拎着它们去布莱格餐厅赴宴。可是,自他送出去的那一刻起,就再也没见过它们了。鉴于丁克尔太太一向认为当铺是比监狱还要可耻的地方,格兰特排除了她把新包换成现金的可能性。按照他的推理,那些包应该都安全地躺在某个抽屉里,包着原有的包装纸。也许,丁克尔太太有时会带它们出去,在人前炫耀一番,也许仅仅知道它们躺在那里这件事本身就足以让她感到充实,就像知道"这东西将来会用在我的葬礼上"会让有些人感到充实一样。

下一个圣诞节时,格兰特要打开她这个破旧的、常年不离身的完美小包,在装钱的那一格放点东西。当然,她会把它们一点点花掉,花在那些无关紧要的小事上,以至于最后都不知道自己用这些钱做了什么。但是,这些日常生活中的小满足就像点缀在布料上的小亮片一样,要比拥有一抽屉的艺术品带来的抽象的充实感有价值得多。

丁克尔太太离开时，皮鞋与紧身褡发出的响声就像一支交响曲。 格兰特让自己的注意力回到坦纳先生的作品上，试着借这本书开发自己对人类种族本身的兴趣，希望对研究有所助益。 结果他发现这并非易事。 也许是性格使然，也许是职业需要，格兰特对作为一个群体的人类不感兴趣。 他的偏好只针对个体，不知这是先天还是后天因素造成的。 格兰特在坦纳先生的统计数字中寻寻觅觅，渴望找到那位橡树里的国王①，系在桅杆上的金雀花，或是在战斗中紧紧握住对方某位发号施令的骑兵马镫的高地人。 不过，他至少对了解到的一个事实很满意：十五世纪的英格兰人"只有在忏悔时才喝白水"。 理查三世时期的英格兰劳工似乎在整片大陆上还是颇受礼遇的。 坦纳先生引用了一段同时代人写下的文字：

> 法国国王禁止人们买卖食盐，除非以他规定的垄断价格自他本人手中购买。军队采购从不付钱，稍有不满就对百姓施暴。葡萄园四分之一的收入要上缴国王。所有城镇每年都要支付一笔巨额的岁贡才能得到官方的保护。农民生活困顿，形状悲惨，没有毛料衣物可穿。他们穿的是粗麻布缝制的短上衣，裤子只到膝盖，小腿暴露在外。女人们只能赤脚行走。除了汤里星星点点的培根油，人们不识肉味。贵族们的生活也没好

---

① 橡树里的国王：1651年，英王查理二世在切斯特被克伦威尔击败后不得不出逃，在避难期间曾和一位保王党人在博斯科贝尔（Boscobel）林地的一株橡树的树洞中躲避前来搜查的议会军士兵。 1660年斯图亚特王朝复辟后，查理二世将此树封为"皇家橡树"，英格兰也会每年都纪念"Royal Oak Day"。

到哪里去。如果遭到指控,他们会被私下带走审讯,很可能有去无回。

英格兰的情况则大有不同。没有人可以在户主尚在的前提下侵占他人房产。国王不得强征税赋,不得擅自修改法律,也不可制定新的法规。英格兰人只有在忏悔时才喝白水。他们有各种鱼类和肉类食品可供食用,全身上下包裹着上好的毛织物,生活用品一应俱全。在正规法定程序以外,没有人可以随意控告一个英格兰人。

所以在格兰特看来,假如你手头拮据,又急着想去看一看朋友莉齐刚生的孩子,你完全可以寄希望于一路上有的是虔诚的援助和挡风遮雨的住所,压根无需担心路费问题。昨晚伴他入睡的绿油油的英格兰在这方面确实大有令人称道之处。

他翻阅着十五世纪的章节,试图寻找有关那些人物的文字。偶有出现的记述以其独有的鲜活感,如舞台上的聚光灯一样为他照亮了眼前的景物。令人沮丧的是,整个故事着眼于人类整体。以坦纳先生的视角,理查三世在位时唯一的国会是有记载以来最具自由和进取精神的国会。我们可敬的坦纳先生确实感到惋惜,因为世人在评断理查三世为公众谋求福祉的功绩时,不应该受到他私底下所犯的罪行的影响。关于理查三世,这也许就是坦纳想说的全部了。除了那些帕斯顿家族持续了几个世纪的絮絮叨叨以外,这本为人类写就的书中鲜有真正有关"人"的记述。

格兰特任由书册滑到胸前。他伸出手去摸索了一番,找到了那本《瑞比的玫瑰》。

家 族

他们之中，
谁将一去不返？

原来《瑞比的玫瑰》是一本虚构小说,但至少比坦纳的英格兰立宪史更好读一些。 除此之外,由于它是一本"用对话写就的历史"而显得更加难能可贵。 这是一本充满想象力的传记,并非一个天马行空的故事。 不管这个艾芙琳·佩恩-艾利斯是谁,她的确成功地勾勒出一组人物群像和家族图谱,而且写得丝毫没有格兰特小时候和他堂妹劳拉所说的那种"一本正经"的做作感。 书中没有什么"承蒙女士眷顾",也没有什么"然则"或"鄙人"之类的文绉绉的词儿。 这是一本诚实而有见地的作品。

而它的所见所指要比坦纳先生的著作对人更有启发。

应该说是大有启发。

格兰特相信,如果你无法看清某个人,最好的方法是去试着了解他的母亲。 所以,在马塔把超凡脱俗、无懈可击的托马斯·摩尔对理查的个人回忆录带来之前,他很乐意与约克公爵夫人塞西莉·内维尔①来一段书中邂逅。

格兰特看了一眼族谱,心想,如果说约克兄弟(爱德华和理查)因其经历过平民生活而在历代国王中显得与众不同的话,那么他们的英格兰血统也堪称独一无二了。 看着他们的家世血缘,格兰特真是惊讶不已。 内维尔、菲查兰、珀西、霍兰德、莫蒂默、克利夫德、奥德雷以及金雀花王朝。 要是把威尔士那一支也归入英格兰的话,正如伊丽莎白女王引以为豪的那样,她

---

① 塞西莉·内维尔(Cecily Neville):约克公爵理查德·金雀花的妻子,爱德华四世和理查三世的母亲。

也算纯正的英格兰人。但是,与在诺曼底人征服英国①到农夫乔治②之间问鼎王位的那些半法国、半西班牙、半丹麦、半荷兰、半葡萄牙的国王相比,爱德华四世和理查三世的血统之纯正尤为醒目。

格兰特还注意到,他们母亲一脉的血统和父亲的一样高贵。塞西莉·内维尔的祖父是冈特的约翰、兰开斯特王朝的第一人、爱德华三世的第三个儿子。她丈夫的祖父和外祖父分别是爱德华三世的另外两个儿子。所以,爱德华三世的五个儿子中有三个同约克兄弟的诞生有关系。

"作为内维尔家族的成员,"佩恩-艾利斯小姐写道,"他们注定生而不凡,因为他们是显赫的地主;作为内维尔家族的成员,他们注定长相漂亮,因为整个家族都样貌出众;作为内维尔家族的成员,他们注定个性张扬,因为他们都善于表现自己的个性和气场。内维尔家族所有这三项天赋在塞西莉·内维尔身上达到了最好的结合。早在北方被迫在白玫瑰和红玫瑰之间做出抉择之前,塞西莉一直是那里唯一的玫瑰。"

---

① 诺曼征服(Norman Conquest):以诺曼底公爵威廉为首的法国封建主对英国的征服。1066年9月末,威廉率兵入侵英国。英王哈罗德迎战。双方会战于黑斯廷斯。英军战败,哈罗德阵亡,伦敦城不战而降。12月25日,威廉在伦敦威斯敏斯特教堂加冕为英国国王,即威廉一世。诺曼王朝开始对英国的统治。残存的英国贵族顽强抵抗,均遭残酷镇压。1071年,威廉一世巩固了他的统治,获得征服者的称号。
② 即乔治三世,英国汉诺威王朝的第三任君主。在他当政期间,经过与大革命后的法国和拿破仑的战争,使英国跃居首屈一指的世界强国,成为世界工厂。乔治三世曾被讽刺作家戏称为"农夫乔治",以嘲笑他喜爱处理单调平凡的琐事多于政治。

佩恩-艾利斯小姐的观点是，她与金雀花王朝的理查、约克公爵的联姻是有爱情基础的。格兰特曾经以几近轻蔑的态度怀疑这种论断，直至他注意到这场婚姻的产物。家里每年都有新生命降生。这在十五世纪也许不算什么，最多说明夫妻两人生育力旺盛。塞西莉·内维尔为她英俊的丈夫生了这么多孩子，与其说因为爱情不如说他们始终住在一起。不过，在那个妻子的角色仅限于温顺地掌管家务的年代，塞西莉·内维尔却能够经常在丈夫的陪伴下外出旅行，足以证明这对伴侣确实琴瑟和鸣。他们旅行的范围及持续的时间可以由孩子们的诞生得到佐证。安娜，她的第一个孩子，诞生在福瑟陵格，即家族在北安普敦郡的祖宅里。婴儿期便夭折的亨利诞生于海特菲尔德。爱德华的出生地在鲁昂，公爵执行公务的地方。埃德蒙与伊丽莎白也是在那儿诞生的。玛格丽特在福瑟陵格。童年夭折的约翰诞生在威尔士的尼斯。乔治生在都柏林（格兰特猜想，这也许能够解释为何天生的好好先生乔治性格里却有一份与生俱来的爱尔兰式的执拗）。理查又是生在福瑟陵格。

塞西莉·内维尔并没有枯坐在北安普敦郡的家中等待她的丈夫方便的时候来看她。她一直陪伴在他左右，在他们栖身的世界里四处周游。这很符合佩恩-艾利斯小姐的论断，就算眼光再挑剔的人也能看出这显然是一桩非常成功的婚姻。

这也许可以解释为何在寄居帕斯顿家的那段日子里，爱德华每天都要来探望年幼的弟弟们。即使面临苦难，约克家族仍是密不可分的。

在快速翻阅时，一封信出乎意料地跃入格兰特的眼帘。信是三兄弟中年纪较大的爱德华和埃德蒙写给他们父亲的。几个男孩正在拉德洛城堡①接受教育。一个复活节的星期六，趁有人回乡之便，他们在信中大大地抱怨了一番老师和他的"恶行"，并请求父亲倾听信使的描述，因为这位威廉·史密斯非常了解他们的苦闷处境。求救信写得礼数周全，但结尾的补充对整封信的格调有所破坏——两兄弟感激他寄来衣物的同时，指出他忘记了寄他们的祈祷书。

尽责的佩恩-艾利斯小姐注明了信件的出处——它似乎来自柯顿手稿。格兰特放慢了阅读的速度，想找到更多的信息。警察对事实证据一向求知若渴。

他虽没有如愿，却发现了一场"家族大戏"，并读了好一阵子。

公爵夫人走到伦敦十二月清晨稀薄而刺眼的阳光里，立在台阶上目送他们离去。她的丈夫，她的兄弟，还有她的儿子。德克和他的侄子们把马牵到庭院里，铺满鹅卵石的地面上散落着三五成群的鸽子和叽叽喳喳的麻雀。公爵夫人看着他的丈夫跨上马背。他的神情稳重而从容，仿佛只是去福瑟陵格看新来的公羊而非奔赴战场。索尔兹伯里，她的兄长，有着内维尔家族典型的外向型性格，善于审时度势并且擅长顺势而为。她望着他们，露出发自内心的笑容。但是，最让她牵肠挂肚的还是埃德蒙。埃德蒙今年十七岁，纤瘦而单纯，弱不禁风。这是他第一次出征，骄傲和激动使他涨红了脸。她想嘱托丈夫说："照顾好埃德蒙。"可她不能那么

---

① 拉德洛堡（Ludlow Castle），英格兰西部、邻近威尔士的一座城堡。

做。丈夫无法体会她的心意,埃德蒙知道了也会恼羞成怒。既然只比他年长一岁的爱德华已经在威尔士边境指挥自己的军队,那么以他埃德蒙的年纪自然早已足够去亲眼见证一场战争。

公爵夫人看了一眼跟在自己身后的三个更年幼的孩子:结实而漂亮的玛格丽特和乔治,还有跟往常一样躲在他们身后一步之外的丑小鸭似的理查。理查有着深色的眉毛和棕色的头发,看上去像个外人。心地善良、粗枝大叶的玛格丽特用湿漉漉的大眼睛望着院子,带着只有十四岁女孩才有的感伤。只有十一岁的乔治正处在疯狂的羡慕和妒忌之中,因为他年纪太小不能参战。瘦小的理查表面上看起来很平静,他的母亲却能看出他心里像有一个小鼓在敲似的颤抖不已。

三匹战马跑出院子,马蹄的嗒嗒声和兵器碰撞的声响交相呼应。他们将在大道上与早已等候在那儿的仆从们会合。孩子们叫着,跳着,挥舞着双手欢送他们走出大门。

塞西莉此生已经送过太多男人和族人上战场了。她转身回到家里,前所未有的沉重压在心头。会是谁?她虽不愿,却不禁去想:他们之中,谁将一去不返?

然而,她未曾想过却即将发生的可怕事实是,他们之中没有一个人会归来。她再不会看到他们中的任何一个人。

就在这一年末,她丈夫的头颅被钉在约克城的米克盖特门①上,神情

---

① 米克盖特门(Micklegate Bar):在约克,登城口即大门被称为"Bar",米克盖特门是西南边的登城口。

严肃，上面戴着用来侮辱他的纸王冠。旁边的两扇门上钉着她的兄长和儿子的头。

也许这只是虚构的一幕，但有关理查的画面却是颇有启发的。金发家族中的黑王子。那个看上去"像个外人"的孩子。那个"丑小鸭"。

格兰特暂时抛开塞西莉·内维尔，开始在书中搜寻她儿子理查的影子。可是佩恩-艾利斯小姐似乎对理查不大感兴趣。理查就像家里的小尾巴。活跃在另一头的绚丽的年轻生命更符合她的口味。在这方面爱德华显然是个中翘楚。他在内维尔家的表兄、索尔兹伯里伯爵的儿子沃里克伯爵的帮助下赢得了陶顿战役①。当时，兰开斯特家族的凶残行为仍然历历在目，父亲的头颅还钉在米克盖特城门上，他却在世人面前展现了他性格中宽容的一面。陶顿城万众归心。爱德华在威斯敏斯特教堂②被加冕为英格兰国王，而两个流亡在乌特勒支③的弟弟分别被封为克莱伦斯公爵和格洛斯特公爵。他在福瑟陵格的教堂里为父亲和弟弟埃德蒙举办了隆重的葬礼。（不过，在那个光芒

---

① 陶顿战役（Battle of Towton）：英国玫瑰战争中的一次战役，发生在1461年3月29日，是玫瑰战争中伤亡最惨重的战役。约克家族取得了决定性的胜利，而兰开斯特家族灭亡，大多数首领被杀。
② 威斯敏斯特圣彼得协同教堂（The Collegiate Church of St. Peter at Westminster）：通称威斯敏斯特修道院（Westminster Abbey，音意合译为西敏寺），是一座位于伦敦市中心威斯敏斯特市区的大型哥特式建筑风格的教堂，一直是英国君主安葬或加冕登基的地点。
③ 乌特勒支（Utrecht）：荷兰城市。

万丈的七月里，花了五天时间将悲恸的队伍从约克郡护送回北安普敦郡的却是十三岁的理查。那天距离他站在伦敦贝纳德城堡的台阶上目送父兄出征已有六年。）

爱德华成为国王以后好一阵子，佩恩-艾利斯小姐才让理查重新回到故事中来。那时的理查正和他的内维尔族兄们在约克郡的米德尔海姆①接受教育。

当理查策马离开了温斯利明媚的阳光和凛冽的大风，走进堡垒的阴影下时，似乎感觉到那里笼罩着一种奇怪的气氛。守卫们刚刚还在门房里激烈地议论着什么，一看到他就忽然闭口不言了。他骑马走了进去。平时热闹非凡的院子此时也是一片静默。快到晚餐时间了，不论是出于习惯还是饥饿，米德尔海姆的所有居民正从各自工作的地方回到家里准备晚饭。理查也是如此，他带着猎物回到家中。眼下这种仿佛被遗弃了的安静是很不寻常的。他牵着马走进马厩，却没有人过来帮他把马牵走。卸下马鞍时，他注意到隔壁有一匹极为疲惫的马。这匹马不属于米德尔海姆。它因疲劳过度而把头低垂在两膝之间，连食槽里的草料都无心享用。

理查给马儿擦干身子，盖上毛毯，还为它添了草料和清水，然后离开了马厩。他还在疑惑那匹疲惫的马儿的来历以及院子里不同寻常的寂静的缘由。当他走到门口时，隐隐可以听到大厅里传来的交谈声。理查犹

---

① 米德尔海姆（Middleham）：约克郡北部小镇。

豫起来,不知道是不是应该先去一探究竟再上楼回自己的房间。正在他举棋不定之时,楼梯上传来一声:"嘘——"

理查循声看去,表妹安妮的脑袋正从楼梯的栏杆间探出来。她那又长又漂亮的辫子晃荡着,像两根拴着铃铛的绳子。

"理查!"她说,音量跟耳语差不多,"你听说了吗?"

"出什么事了?"他问,"怎么了?"

理查走上楼梯。安妮抓住他的手,拽着他往顶楼的教室走去。

"到底发生了什么事?"理查缩着身子,对安妮的急切表示抗议,"怎么了?什么事这么可怕,不能在这里说?"

安妮把理查推进教室,关上门。

"是爱德华!"

"爱德华?他病了吗?"

"不!是丑闻!"

"哦!"理查松了口气。丑闻对爱德华来说可谓家常便饭,"怎么,他又有新情妇了?"

"更糟!啊,更、更糟!他结婚了!"

"结婚?"因为完全不相信这话,理查的语气十分平静,"他不会的。"

"可他确实结婚了。这是一小时前从伦敦传来的消息。"

"他不可能结婚的。"理查仍然坚持己见,"对国王来说,结婚是件需要深思熟虑的大事,是合约,是协议。我想,甚至连国会都要参与其中。你认为他结婚了,是有什么根据吗?"

"不是'我认为'!"安妮见理查对自己爆料的大事无动于衷,已经失去了耐心,"全家人正聚在大厅里为这件事发火呢!"

"安妮!你是不是在门外偷听了?"

"哎,别假正经了。而且我也不是故意要偷听的。他们声音那么大,站在河对岸都能听见。爱德华娶了格雷女士①!"

"哪个格雷女士?格鲁比的格雷女士?"

"没错。"

"不可能。她已经有两个孩子了,而且年纪也不小了。"

"她比爱德华大五岁,可是她漂亮得不得了。我听说是这样。"

"什么时候的事?"

"他们已经结婚五个月了,是在北安普敦郡秘密结婚的。"

"我还以为爱德华会迎娶法国国王的妹妹。"

---

① 爱德华四世的王后伊丽莎白·伍德维尔(Elizabeth Woodville)的第一段婚姻嫁给了格鲁比的约翰·格雷爵士,后者不幸死于第二次圣亚班士城之役,让伊丽莎白成为带着两个儿子的寡妇。爱德华四世和伊丽莎白的婚礼是秘密举行的,一般认为发生在1464年5月1日伊丽莎白在北安普敦郡的家乡,在场的仅有新娘的妈妈与另外两位夫人。伊丽莎白于1465年5月26日耶稣升天节正式加冕成为王后。在爱德华统治英格兰的初期,以他的表哥沃里克伯爵理查·内维尔(Richard Neville)为首的一小群支持者是其主要后盾。当爱德华进行秘密婚礼的同时,沃里克正在与法国商议联盟的事,原定计划是爱德华必须娶法国公主。伊丽莎白与国王结婚的事实公诸于世,因她支持兰开斯特家族,沃里克感到被羞辱和背叛,自此他与爱德华的关系日益恶化,最终叛变投奔兰开斯特家族。据传伊丽莎白非常美貌,被称作"大不列颠岛最美丽的女人",拥有"如龙般深邃的眼睛"。爱德华四世去世后,因其早先与一名叫艾莉诺·巴特勒的寡妇有过婚姻,理查宣称他与伊丽莎白的婚姻是无效的,小孩并无继承权。

"可不是吗,"安妮用一种意味深长的语气说,"我爸爸也是这么想的。"

"好吧。确实,这件事让他变得非常尴尬,是吗?在协商了这么久以后。"

"伦敦来的信使说他动不动就要大发脾气。这还不是唯一让他丢脸的地方,据说格雷女士有一大票亲戚,他痛恨他们每一个人。"

"爱德华一定中邪了。"在理查充满了英雄崇拜的眼光中,爱德华做的每一件事都是正确的。这件蠢事,这件无法否认的、不可原谅的蠢事发生的唯一理由只可能是爱德华中邪了。

"母亲的心要被他伤透了。"理查说。他想起了母亲看到丈夫与埃德蒙被杀、兰开斯特大军兵临伦敦城下时所表现出的勇气。她没有流泪,也没有躲在面纱后面寻求保护、自怨自艾。她安排他和乔治前往乌特勒支,就像安排他们去普通的学校念书一样。这一别之后也许永生无缘再见,但她却在忙前忙后地为他们准备冬天横渡海峡的温暖衣物。她平静地面对现实,眼里没有一滴泪水。

她将如何忍受这次的打击?这更沉重的一击?这不可救药的傻瓜。这令人震惊的愚蠢。

"是啊。"安妮的语气温柔了许多,"可怜的塞西莉姑姑。爱德华让每个人都这么伤心,真是太讨厌、太讨厌了。"

但爱德华还是那个爱德华。他是完美无缺的。如果他做了什么错事,那肯定是因为他生病了,中邪了,或者被下了诅咒。爱德华始终拥有理查的忠诚——全心全意的、近乎崇拜的忠诚。

即便在多年以后,当这种忠诚演变为成年人之间的认可与赞同,也不曾有过丝毫消减。

接下来故事开始历数塞西莉·内维尔的苦难历程,以及她如何试图在自己那志得意满又心中有愧的儿子和怒发冲冠的侄子之间努力维系着某种平衡关系。 书中还有大段的描写围绕着那位拥有著名的"流金"长发的坚贞美女。 其他美人的失意之地正是她大获全胜的战场。 还有她在雷丁修道院的加冕典礼(她在沃里克伯爵沉默的抗议中走向王位,后者无法不去注意那些赶来观看他们的姊妹登基的伍德维尔家族的人)。

理查在书中再次出现,是在他身无分文地从利恩①出发的时候。 他刚好在港口遇上了一条荷兰货船。 与他同行的还有哥哥爱德华、爱德华的朋友黑斯廷斯勋爵以及几个随从。 他们除了身上的这点行头以外什么都没带。 经过一番讨价还价,船长同意接受爱德华的带毛边的帽子作为船费。

沃里克最终还是意识到自己无法容忍对伍德维尔家族的憎恶。 他既然能助表弟爱德华登上王位,也能轻而易举地把他拉下来。 此举获得了内维尔家族的支持,还令人难以置信地得到了向来唯唯诺诺的乔治的积极响应。 乔治认为跟效忠哥哥爱德华相比,迎娶沃里克的另一个女儿伊莎贝尔,并继承蒙太古、内维尔以及比彻姆三方的一半领地显得更为有利。 十一天后,在所有人惊讶的目光里,沃里克成了英格兰的主人,爱德华和理查则开始了在阿

---

① 利恩(Lynn):英格兰城镇,温斯利戴尔附近。

尔克马①与海牙②之间、十月泥地里的逃亡。

也正是从这时起,理查开始频繁地出现在故事背景中。 他们一起度过了布鲁日③沉闷的冬天,一起去勃艮第④找玛格丽特。 那个曾经与他和乔治肩并肩站在贝纳德城堡的台阶上含泪送别策马出征的亲人的玛格丽特现在已经成了勃艮第的新任女公爵了。 玛格丽特,善良的玛格丽特,她对此事的反应和后来很多人的反应一样,因为乔治令人费解的行为而感到震惊和忧虑,并开始为两位更值得尊敬的哥哥四处奔走、筹措资金。

虽然佩恩-艾利斯小姐的兴趣完全集中在一表人才的爱德华身上,但这倒没有让她对理查的成就视而不见。 当时不满十八岁的理查用玛格丽特筹来的钱款租借船只,全权负责装备的事。 当爱德华带着少得离谱的拥护者在英格兰的草地上安营扎寨,又一次被虎视眈眈的乔治大军围困时,正是理查前往乔治的营地,劝服已经被玛格丽特软化的乔治重新与他们联盟。 至此,通往伦敦的道路才为他们打开。

不过,格兰特认为最后那一项倒算不上什么丰功伟绩。 显然乔治有被说服做任何事的可能。 他天生耳根子软。

---

① 阿尔克马(Alkmaar):荷兰城市。
② 海牙(The Hague):早年为荷兰伯爵狩猎驻留地,1795~1813年处于法国统治下。 法国占领结束后,又成为荷兰王国君主驻地和行政中心。
③ 布鲁日(Bruges):比利时西部城市。
④ 勃艮第(Burgundy):法国中部城市。

爱德华始终
拥有理查的忠诚

全心全意的
近乎崇拜的忠诚

圣 人

看似完美的证词,
似乎有哪里存在破绽?

第二天中午十一点左右,在格兰特还没来得及读完《瑞比的玫瑰》和享受完小说给他带来的难登大雅之堂的乐趣之前,马塔寄给他的包裹就到了。包裹的内容是由圣人托马斯爵士撰写的、令人肃然起敬的历史读物。

书里附着一张便笺。 马塔在她专用的昂贵纸张上以其特有的大而潦草的字体写道:

没法亲自给你带去,只好寄给你。忙疯了。我记得我叫 M.M. 去布莱辛顿街找了一圈,结果没有一家书店有 T. 摩尔的书,所以去公共图书馆碰了碰运气。不知道为什么没人考虑过去图书馆。可能人们觉得那里的书都是破破烂烂的吧。我觉得这本挺干净,一点也不烂。你能看十四天。听起来更像被判了刑而不是借东西。希望对这个驼子的兴趣能让你那些磨人的刺痛消停一会儿。回见。

马塔

这本书除了有点年头以外,确实看起来又干净又齐整。 但是,有《瑞比的玫瑰》珠玉在先,让本书显得十分无趣,大段大段的文字也令人望而生畏。 不过格兰特还是饶有兴趣地读了下去。 毕竟托马斯这本书的主角是理查三世,是他最关心的人物。

一个小时后,格兰特从书中回过神来。 他感到茫然而困惑,还有些不自在。 书中记载的事件和他预想的相差不多,让他感到惊讶的是托马斯爵士讲故事的方式:

> 理查日夜难安,辗转反侧,半梦半醒,警觉多疑。他那令人发指的行为留下的冗长闷痛和鲜明记忆让他那颗悬着的心终日不得安宁。

以上都还好,但是当他又接着写道"这些只有他的贴身侍从知道"时,读者立刻会生出反感之情。字里行间滋生出一股飞短流长的味道,或者说是仆人偷窥主人的调调。这使读者的同情心从自命不凡的评论者那里转移到了卧病在床遭受折磨的可怜人身上。谋杀者的形象变得比写他的人还要高大。

全错了。

当格兰特在一个目击证人看似完美的证词中发觉似乎有哪里存在破绽的时候,他的内心会感到不安。现在他就有类似的感觉。

而且这件事的确非常令人困惑。不过,这可是托马斯·摩尔啊,一个因正直而被尊崇了长达四个世纪的人。他的记述可能有错吗?

格兰特想,护士长对摩尔记述的理查形象肯定不陌生。他是一个精神高度紧张的人,既能十分邪恶,也能十分隐忍。"他的脑子高速运转,极度缺乏安全感。他的眼珠转个不停,身体保持着防御姿态,双手不离兵刃。他的神态举止仿佛永远绷在弦上、蓄势待发。"

其中当然包含那戏剧性的、歇斯底里的一幕,格兰特自学生时代起就记得的、恐怕每一位学生都记得的那一幕。事情发生在伦敦塔的议会上,时间在理查登基之前。理查对黑斯廷斯的突然发难正符合蓄意谋害护国功臣的行为特点。指控爱德华的妻子和情妇(简·肖)利用巫术造成他手臂萎缩,这个借口简直疯狂至极。理查愤怒地拍案而起,命令他全副武装的近卫军突

全错了

袭并逮捕了黑斯廷斯勋爵、斯坦利勋爵和伊利主教约翰·莫顿。很快，黑斯廷斯便被押到庭院里，按倒在一根最近的木桩上，刀起头落。临刑前，给黑斯廷斯的时间仅仅勉强够让他向遇到的第一个牧师忏悔。

这俨然是一个人在愤怒、恐惧或复仇心理的驱使下做了错事，事后又悔恨不已的情况。

但理查似乎更老谋深算一些。六月二十二日，他安排了某位肖博士（梅耶勋爵的弟弟）在圣保罗十字教堂布道称："王室血脉，不容玷污。"肖博士的论调是：爱德华和乔治是约克女公爵和野男人生下的儿子，只有理查才是公爵和公爵夫人的唯一合法后代。

这怎么可能！简直荒谬透顶。格兰特实在不敢相信，又把这段话读了一遍。但书上真是这么说的：为了获得实在利益，理查利用这桩丑事公开诋毁自己母亲的声誉。

托马斯·摩尔爵士就是这么说的。如果此事有任何知情者，那必然是托马斯·摩尔本人。如果讲故事的人需要判断该相信哪一方，那也必然选择相信托马斯·摩尔——英国上议院的大法官。

在托马斯爵士的笔下，理查的母亲因为儿子对自己的诽谤而感到十分哀怨。总的来说，还是说得通的吧，格兰特想。

肖博士则备受悔恨的煎熬，以至于"没过几天，就变得形销骨立而撒手人寰了"。

是中风吧，格兰特猜想，也有点不确定。一个人迫不得已站出来，向全伦敦市民讲述这桩奇谈确实是件挺伤神的事儿。

托马斯爵士笔下的"塔中王子"故事和亚马逊的版本相差无几，只是在细节上更丰满一些。 理查向伦敦塔的警卫罗伯特·布拉肯伯里提议：让两位王子消失是件好事，但布拉肯伯里不愿参与此事。 加冕以后，理查在英格兰各地巡视。 行至沃里克时，他派泰瑞尔返回伦敦，命令后者在那一晚接管伦敦塔所有的钥匙。 就在当天晚上，两个恶棍——代顿和弗瑞斯特（一个马夫和一个看守）闷死了男孩们。

这时短粗胖刚好进来送午餐，抢走了他手里的书。 当格兰特从盘子里叉起一块肉馅马铃薯往嘴里送的时候，又想起了被告席里的那张面孔。 昔日忠诚而有耐心的弟弟已然变成了怪物。

短粗胖回来取盘子时，格兰特问她："你知道的，理查三世这个人在当时很受欢迎。 我指的是在他当上国王以前。"

短粗胖厌恶地看了一眼画像。

"他从头到尾都是藏在草里的一条蛇，如果你问我的话。 假仁假义，他就是这样。 假仁假义。 伺机而动。"

"伺什么机而动？ 短粗胖的脚步声在走廊里渐渐远去，格兰特还在沉思。 理查不可能未卜先知哥哥爱德华会在四十岁突然早逝。 哪怕他们在童年时期曾经有过一段非常亲密的时光，理查也不可能预见乔治会因其所作所为被没收财产和权力，他的两个孩子将会随之丧失王位的继承权。 假如不存在期待，也就没有"伺机而动"的理由。 而那位有着一头流金长发的纯洁无瑕的美人，她除了对自己的亲戚无可救药的偏袒以外，还算是个值得尊敬的王后，而且她已经给爱德华生下了一群健康的孩子，其中还包括两个男孩。 这一大家子血亲，包括乔治和他的子女们，都是横在理查和王位之间的障碍。 对一个正忙于治理北英格兰、与苏格兰打仗且战功显赫的人来说，不太可能还有剩余精力去"假仁假义"。

那么，是什么在这么短的时间里彻底改变了他？

格兰特伸手去拿《瑞比的玫瑰》，想看看佩恩-艾利斯小姐对塞西莉·内维尔幼子这令人不快的蜕变是如何解释的，但是狡猾的作者对这个话题避而不谈。她希望自己的书给人带来愉快的感受，如果故事按照这件事的逻辑写下去，只会发展成悲剧。因此，她以爱德华的第一个孩子——小伊丽莎白的诞生作为最后一章，让全文围绕着同一个主旋律产生共鸣。这使她可以避免提及伊丽莎白几个弟弟的悲剧，也不必去描写理查战死沙场的事。

皇宫里的舞会是全书的最后一幕。伊丽莎白青春年少，脸色红润，快乐张扬。她身着白色衣裙，戴着她的第一串珍珠首饰，在舞池中不停地回旋，美丽高贵宛如童话里的公主。理查和安妮为了参与这次盛会，带着他们孱弱的小儿子从米德尔海姆远道而来。但是乔治和伊莎贝尔没有到场。伊莎贝尔在数年前的难产中悄然离世，对此乔治并没表现出多少哀恸之情。乔治本人的去世也悄无声息。但对于乔治此人来说，反常即为常态，这样晦暗不明的行为反倒为他赢得了不朽的声誉。

乔治的一生充满了接连不断的灵魂上的巨大逆转。每一次他的家人都会说："好了，已经恐怖到极点了，就算乔治也想不出比这更荒唐的主意了。"但每一次乔治都会刷新他们的认知。乔治的折腾是永无止境的。

乔治性格中反常的种子也许是在他和岳父沃里克狼狈为奸时播下的。沃里克为了给侄子爱德华使绊子，把可怜而疯癫的傀儡国王亨利六世推上王位，然后又让乔治成了王位继承人。沃里克的两个愿望——亲眼看见自己的女儿成为王后和乔治登基为王都在理查前往兰开斯特军营交涉的那一晚化为泡影。然而,对于一个天生热爱甜食的孩子来说,一旦尝过权力的甜头,再放弃就难了。之后的几年里,这个家族一直都在想方设法制止乔治那些异想天开的举动,以及为了将他从愚行带来的后果中解救出来而疲于奔命。

伊莎贝尔去世时,乔治坚信她是被侍女下毒所害,而婴儿是被另一个侍女毒死的。爱德华认为此事非同小可,遂下令提交伦敦法庭公开审理,结果发现乔治已经在地方法院进行了小规模的审讯,并将两个嫌疑人绞死。爱德华一气之下决定施以惩戒,将乔治的两个家人以叛逆罪送上法庭。乔治非但没有警醒,反而宣称这是司法谋杀。他的言辞非常激烈,带着一股不敬君主的劲头。

随后,乔治决心要迎娶当时欧洲最富有的女继承人——玛格丽特年轻的继女、勃艮第的玛丽。善良的玛格丽特以为让自己的哥哥留在勃艮第是个好主意,但爱德华已经占据奥地利的马克西米利安,让乔治持续处于尴尬的境地。

勃艮第通婚的丑闻过去了,兰开斯特家族希望可以平静一段时间。毕竟乔治已经将内维尔一半领地收入囊中,没必要为了金钱或者子嗣再婚。但乔治又有了新计划,想娶苏格兰詹姆斯三世的妹妹玛格丽特。

乔治的疯癫愈演愈烈。他先是与国外宫廷秘密往来,后来又在兰开斯特家族的议会上提出议案宣称自己是亨利六世的继承人。这不可避免地将他送上了另一个国会的审判席,而后者可不会对他俯首听命。

这场审判因爱德华和乔治两兄弟火花四溅且喋喋不休的争辩而万众瞩目。判决被国会决议通过是意料中事,争辩也随之戛然而止。剥夺乔治的地位是一回事,这是众望所归,也是必然之举,然而处死他又是另外一回事。

时间一天天过去，判决一直没有执行。下议院发出了提醒。第二天就传来了乔治的死讯：乔治，克莱伦斯公爵，死于伦敦塔。

"淹死在葡萄酒桶里。"伦敦方面如是说。这句伦敦本地人对酒鬼的下场的经典评论反倒让默默无闻的乔治名垂青史。

这也是乔治没有出席威斯敏斯特舞会的原因。佩恩-艾利斯小姐并没有在全书的最后一章强调塞西莉·内维尔是这些孩子的母亲，而把重点放在了她是一位孕育出优秀后代的祖母上面。乔治的死可能不太光彩，可谓众叛亲离，但是他的儿子、年轻的沃里克却是一个积极向上的孩子，年仅十岁的玛格丽特也显露出了内维尔家族美貌的因子。埃德蒙十七岁就死在了战场上，这看上去好像浪费了一条年轻的生命，但自小就身子单薄的他不仅长大成人，还留下了一个子嗣，这足以让塞西莉感到欣慰了。二十多岁的理查看上去仍旧像可以被轻易折成两段的样子，但他坚韧得就像石南花的根一样，而他那同样看似孱弱的儿子长大后也许会同样充满韧性。

至于爱德华——她那高大的、金发的爱德华——的英俊也许使他看上去有点迟钝，他的友善也许会被理解为懒散，但他的两个儿子和五个女儿都已经遗传到了双方祖先的个性与美貌。

身为祖母的塞西莉·内维尔可以骄傲地看着她的孩子们，身为英格兰公主的她也可以将他们视为信心的保证。英格兰的王冠在约克家族稳稳当当地传递下去了，一代又一代。

如果有人在舞会上用水晶球对塞西莉·内维尔发出预言，告诉她不仅约克家族，整个金雀花王朝都将在四年之内烟消云散，恐怕她只会把这当成胡言乱语或者犯上之谈。

但是,佩恩-艾利斯小姐并没有刻意去掩饰伍德维尔家族在这场内维尔—金雀花家族聚会上所表现出的影响力。

她环顾整个房间,不愿看到儿媳伊丽莎白收到那么多真诚的祝福,引来那么多恭贺的亲友。与伍德维尔家族联姻的效果之好超过了所有人的预期。伊丽莎白是一个令人称道的妻子,随之而来的事情却差强人意。两个男孩的监护权不可避免地必须交给她哥哥。除了因为太爱炫耀和个性张扬而显得像个新兴的暴发户之外,瑞夫斯仍然算是一个有教养和值得尊敬的人,能够胜任两个男孩在拉德洛上学期间的监护责任。至于其他人——她的四个兄弟、七个姐妹还有和前夫生的两个儿子——就算减掉一半,都超过了她对这场婚礼人数的容忍上限。

塞西莉的目光从蒙着眼睛玩捉迷藏的孩子们移向餐桌旁站着的大人。安妮斯·伍德维尔嫁给了艾塞克斯伯爵的继承人。艾莉诺·伍德维尔嫁给了肯特伯爵的继承人。玛格丽特·伍德维尔嫁给了艾伦德尔伯爵的继承人。凯瑟琳·伍德维尔嫁给了白金汉公爵。雅克·伍德维尔嫁给了斯特兰奇勋爵。玛丽·伍德维尔嫁给了赫伯特勋爵的继承人。而约翰·伍德维尔,很丢脸地娶了诺福克家的寡妇——这女人老得都能当他祖母了。新的血液能为老牌家族带来好处。事实上新的血液一直在慢慢渗透,但如果它来得太突然,像洪水一样猛烈,并且来自同一个源头就不妙了。这就像外国的血流进本国的政治脉络所引起的发烧和排异反应一样,既不理智,还容易埋下隐患。

虽则如此,漫长的岁月可以让外来的血液慢慢同化。这个突然进入政权体制的势力将不再如此集中,它会分散,会定型,会变得不那么危险和令人忧心忡忡。爱德华虽然友善宽容却也深明大义:他得让这个自己已经治理了近二十年的国家继续稳定地传承下去。没有人能像她的爱德华那样,精明、懒散又有女人缘,有专制独裁的权力,却又能举重若轻地应对问题。

一切都会变好的。

为了避免给人造成太过刻薄或自命不凡的印象,塞西莉准备起身加入到人们关于甜点的讨论中去。这时她的孙女伊丽莎白从那一团喧闹的嬉笑声中上气不接下气地冲出来,一屁股坐在她身边的椅子上。

"我对这个游戏来说太老啦,"她喘着气说,"而且太糟蹋衣服。您喜欢我的裙子吗,祖母?我缠着父亲帮我做的。他说我那件茶色丝裙够用了,就是玛格丽特姑姑从勃艮第来看我们那天我穿的那件。有一个留意女人穿着的父亲可真糟糕啊。他太了解我的衣橱了。您听说多芬抛弃我的事了吗?父亲气坏了,我却很高兴。我在圣凯瑟琳教堂点了十根蜡烛,花光了所有的零花钱。我不想离开英格兰。永远不想离开英格兰。您能帮我吗,祖母?"

塞西莉笑了,说她愿意试试。

"老安卡雷特,那个算命的,说我会成为王后。我觉得不大可能,因为至今还没有哪个王子想娶我,"伊丽莎白顿了顿,小声补充道,"她说是英格兰王后。我想她有点喝醉了。她很喜欢喝酒。"

如果佩恩-艾利斯不愿去面对这中间种种的不愉快，那么她暗示伊丽莎白即将成为亨利七世的妻子的写作手法既不公平，也缺乏艺术性。她让读者们提前设想伊丽莎白要嫁给第一任都铎国王，等于让他们预知她的弟弟们将会遭到谋杀。这样一来，故事的结尾便被一层黑暗的阴云笼罩了。

不过，格兰特认为，就他读过的那部分而言，她的故事已经讲得够好了。也许什么时候他还会重读一遍，把遗漏的内容补上。

骗 局

一切都是道听途说?

托马斯·摩尔是亨利八世
那本史书里的一切都是道听途说

那天晚上，就在格兰特关掉床头灯后，半梦半醒之间，有一个声音在他心里说："可是托马斯·摩尔是亨利八世啊。"

格兰特顿时睡意全消。他又扭开了床头灯。

那个声音自然不是说托马斯·摩尔和亨利八世是同一个人。它的意思是，如果把名人依按照历史朝代分类的话，托马斯·摩尔是亨利八世时期的人物。

格兰特凝望着床头灯投在天花板上的光晕，陷入思考之中。如果说托马斯·摩尔是亨利八世的大法官，那么他必然也经历过亨利七世漫长的统治和理查三世的时代。这里面有什么地方不对劲。

格兰特伸手拿过摩尔的《国王理查三世本纪》。书的序言里有一段对摩尔生平的简介。这些是他早先没花心思去读的，现在却试着从中寻找答案。他想知道摩尔在为理查三世撰写传记的同时是如何胜任亨利八世的大法官的，理查登上王位那年摩尔几岁。

五岁。

当那戏剧性的一幕在国会上演时，托马斯·摩尔五岁。当理查在博斯沃思死去时，他年仅八岁。

那本史书里的一切都是道听途说。

警察最讨厌的字眼莫过于"道听途说"。特别在它们被当成证据时。

格兰特厌恶至极，他把这部珍贵的书丢到了地上，然后想起它是公共图书馆的藏书，他能读到它已是有幸，而且十四天后还要物归原处。

摩尔对理查三世根本一无所知，他其实是在都铎王朝长大的。而这本书却成了史学界研究理查三世这一课题的"圣经",史学家霍林谢德①引用书中的内容作为写作素材,莎士比亚以它为蓝本创作剧本。 摩尔相信他写的东西全是真实的,事实上其价值并不比士兵中间流传的说法高明多少。 就像堂妹劳拉口中的"远征军靴子上的雪",被传颂得像"福音书一样真实"的事迹,而传颂它们的人并非亲眼所见。 托马斯·摩尔具备思辨的思维,拥有值得敬重的正直品格,但这并不能说明他的故事就是可靠的证据。 很多其他伟大的心灵都曾经相信过俄国远征军穿越英国的故事。 一个人自以为见过或听过某事,另一个人基于他的说法又转述给其他人。 长久以来,格兰特一直在和人类的心智打交道,他早就不相信这些了。

格兰特觉得很恶心。

当务之急是要拿到有关理查短暂的王朝的真实记录。 去他的十四天期限吧,公共图书馆明天就可以收回托马斯·摩尔爵士的大作。 托马斯爵士作为殉教者和学者的身份并不能在他艾伦·格兰特这里获得加分。 艾伦·格兰特太了解这些名人的思维了:他们会轻易地相信那些连骗子说起来都会脸红的故事。 艾伦·格兰特认识一位知名科学家,他认定一小片包奶油的棉布是他的古祖母索菲娅,因为普利茅斯后街有个大字不识的人是这么和他说的。 艾伦·格兰特还认识一位"人类心灵进化史"方面的权威人士,此人因为"坚持己见而不同意警方的说法"而被一个无药可救的流氓骗得倾家荡产。 依艾伦·格兰特之见,没有比所谓的"学者"更缺少判断力、更容易上

---

① 拉斐尔·霍林谢德(Raphael Holinshed, 1529~1580年),英国编年史作者,作品被称为《霍林谢德编年史》,是莎士比亚多部戏剧的史料参考来源。

当的人了。依艾伦·格兰特之见,托马斯·摩尔作为证人已经被淘汰、被除名,他已经被取消了作为证人的资格。而他,艾伦·格兰特,明天又要从头开始调查。

格兰特是带着一股怒气入睡的,醒来时仍然愤愤难平。

"你知道吗?你那位托马斯·摩尔爵士对理查三世根本就一无所知!"当亚马逊魁梧的身躯出现在门口时,格兰特质问道。

亚马逊显然吓了一跳,倒不是因为他说的事情,而是因为他暴怒的态度。她的眼里充满泪水,好像只要再听见一个粗鲁的字眼就会哭出来一样。

"不是啊,他当然知道的!"亚马逊抗议道,"那是他的亲身经历过的事。"

"理查死时他才八岁,"格兰特毫不留情地说,"他知道的那些都是道听途说得来的。就像我。就像你。就像天生记忆力出众的威尔·罗杰斯。托马斯·摩尔爵士的《国王理查三世本纪》根本不可信,都是些该死的道听途说和胡说八道。"

"您今早觉得哪里不舒服吗?"亚马逊焦急地问,"您发烧了吗?"

"发不发烧我不知道,但血压肯定不低。"

"哦,亲爱的,亲爱的,"亚马逊只听出了字面意思,"您前几天恢复得不错,您一直恢复得不错。英厄姆护士会难过的,她一直在吹牛说您进步神速呢。"

自己竟成了短粗胖吹嘘的资本,格兰特觉得挺新鲜,但仍然不足以让他满意。如果可以的话,他决定尽情发一次烧,拆短粗胖的台。

但是这天早上马塔的造访让他分了心,导致这项需要意志力的实验半途而废。

马塔致力于改善他的心理状况,就像短粗胖致力于改善他的身体状况一样。她对自己在詹姆斯的印刷店里翻箱倒柜找到的东西所产生的效果非常满意。

"你对珀金·沃贝克有定论了吗?"马塔问。

"不,不是珀金·沃贝克。告诉我,你为什么把理查三世的画像拿给我?理查三世没有什么神秘的地方,不是吗?"

"没有。我想我选出这幅画像是觉得它对沃贝克的故事有所帮助。不,我想起来了,是詹姆斯找出来的,他还说:'如果他喜欢研究人脸,这张不错,很适合他!这是一个历史上臭名昭著的凶手,但在我看来他的脸却像个圣人似的。'"

"圣人!"格兰特说,然后又想到了一些什么,"太恪尽职守了。"

"什么?"

"没什么,我只是想起了我对他的第一印象。你也有这种印象吗,一张圣人的脸?"

马塔又把这张书堆上的画像打量了一番。"逆光,看不太清。"说着她把画像拿在手里,细看起来。

格兰特忽然想到,马塔和威廉姆斯警官一样,也会根据职业习惯对人脸做出判断。对马塔和威廉姆斯来说,眉毛的走向,嘴唇的样子,都是判断一个人性格的证据。事实上。为了贴近扮演的角色,马塔还时常要把自己化装成别人。

"英厄姆护士觉得他是个阴郁的人,达洛护士觉得他很恐怖,我的外科大夫认为他深受小儿麻痹症的困扰，威廉姆斯警官认为他是天生的法官，护士长说他是个灵魂饱受煎熬的人。"

马塔沉默了一会儿，说："真奇怪啊，你瞧。 当你看第一眼时，会觉得这是一张刻薄而多疑的脸，甚至认为他脾气不好。 但是再多看一阵以后，你会发现完全不是这么回事。 他很平静，还挺温和的。 也许这就是詹姆斯说的'圣人脸'。"

"不，不对，我不这么想。 詹姆斯的意思是跟着良心走。"

"管他呢，这是人脸，不是吗？ 可不是一张用来看、用来吃和呼吸的器官的拼图。 你看，只要稍加改动，它可以变成'伟大的洛伦佐①'的画像。"

"你该不会觉得这人可能就是洛伦佐，而我们从一开始就搞错了吧？"

"当然不会，你为什么会这么想？"

"因为这张脸上没有一点符合历史书描写的迹象，再说以前也出过图片被搞混的事情。"

"嗯，当然有过这种事，但这就是理查没错。 这张画的原版，或者说人们认定的原版如今存放在温莎堡。 这是詹姆斯告诉我的。 它是亨利八世遗产的一部分，已经在那儿存放了四百多年了，在哈特菲尔德和阿尔波雷都有复制品。"

---

① "奢华王"洛伦佐（Lorenzo the Magificent，1449~1492 年）：意大利文艺复兴时期美第奇家族成员之一，被同时代的佛罗伦萨人称为"伟大的洛伦佐"。 他生活的时代正是意大利文艺复兴的高潮期，他努力维持着意大利城邦间的和平，而他的逝世也代表了佛罗伦萨黄金时代的结束。

"如果这就是理查,那我真是太不了解人脸了。"格兰特顺着她的话说,"你在大英博物馆有认识的人吗?"

"大英博物馆?"马塔的注意力还在肖像上,"不,我想没有。至少暂时没有印象。有一次我去那儿看过埃及珠宝,当时我正在和杰弗雷搭档演克莉奥帕特拉。你看过杰弗雷演的安东尼吗?真是优雅极了。不过那次的博物馆之行把我吓到了——历史悠久的藏品比比皆是,就像天上的繁星一样,让人感到自己有多么的微不足道。你为什么问到大英博物馆?"

"我需要理查三世时代的资料。同时代人的记载。"

"这么说来,圣人托马斯没帮上忙?"

"圣人托马斯就是个老传声筒。"格兰特的语气颇为恶毒,他简直烦透了这个名不副实的摩尔先生。

"哦,亲爱的。图书馆里那位亲切的先生对他可是推崇备至呢。托马斯·摩尔爵士的描述是理查三世生平的金科玉律,到处都是这样的评价。"

"金科玉律个屁,"格兰特粗鲁地说,"他在都铎王朝的统治下讨生活,全凭道听途说写下了金雀花王朝的传记,事情发生那会儿他才五岁。"

"五岁?"

"对。"

"哦,亲爱的。这么说来源并不可靠啊①。"

"他连大方向都搞错了。想想看,他的可信度和赌马的差不多,甚至没

---

① 原文"Not exactly the horse's mouth"。口语"from the horse's mouth"用来形容消息是来源可靠的。因此下文两人用赌马来作比喻。此处译为引申义。

站在正确的赛道上。身为都铎王朝的拥趸,他只会站在理查三世的对立面。"

"是的,我也这么想。你想调查理查的什么事?如果有什么迷案值得调查的话。"

"我想知道他的名声是怎么沦落到这个地步的。这可以说是我最近遇到的最深奥的谜团了。是什么让他几乎在一夜之间彻底变了个样?直到他的哥哥去世时,他看上去还是深受尊敬的,而且对他哥哥非常忠诚。"

"我想,至高无上的权力是一种永恒的诱惑吧。"

"在两位王储成年之前,他一直是摄政王、英格兰的护国公。就他此前的事迹而言,你会认为他已经功成名就了。你也许会这样想:爱德华的后嗣兼整个王国子民的庇护者——这样的名头的确已经足以令他满意了。"

"也许是那个小家伙做了什么出格的事,理查决定给他点'教训'。真奇怪啊,我们总是倾向于把受害者想象成无辜的人,就像《圣经》里的约瑟一样。我敢肯定他是一个令人无法忍受的年轻人,长期的压抑让他缺少自我控制能力。也许小爱德华想先发制人,结果反而落得个咎由自取的后果。"

"他们有两个人。"格兰特提醒她。

"是的,当然。当然不会有任何解释了。那是极其野蛮的行径。可怜的毛茸茸的小羊羔。哎哟!"

"'哎哟'什么?"

"我刚刚想起一件事。是毛茸茸的小羊羔让我想到的。"

"什么事?"

"不,在这事没实现之前我是不会让你知道的。我得走了。"

"你说动马德琳·玛尔奇给你写剧本了？"

"哦，她还没签合同呢，但我想她已经接受了。再见，亲爱的，我很快会再来看你的。"

马塔离开时和脸色仍旧不太好的亚马逊擦身而过。格兰特彻底忘掉了"毛茸茸的小羊羔"这回事，直到第二天晚上这个小羊羔出现在他的房间里。这只毛茸茸的小羊羔戴着一副角质框架的眼镜，很古怪地加强了两者的相似度而没有令人产生其他遐想。当时格兰特正在小睡，享受几天以来他和世界达成短暂和解的时光。护士长说的没错，历史有助于人们看清事物。敲门声很胆怯，格兰特一度以为自己幻听了。医院里很少有如此小心翼翼的敲门声，不知受到什么力量的驱使，格兰特还是喊了声："进来！"门开了。出现在门口的毫无疑问正是马塔口中的"毛茸茸的小羊羔"。格兰特控制不住自己，放声大笑起来。

年轻人看上去很窘，紧张地笑了笑。他用细长的食指推了推鼻梁上的眼镜，清清嗓子，说：

"是格兰特先生吗？我叫卡拉丁。布兰特·卡拉丁。希望没打扰到您休息。"

"没有，没有。请进，卡拉丁先生，很高兴见到你。"

"马塔，不，哈拉尔德小姐，对，哈拉尔德小姐让我过来的。她说您好像有什么事情是我能帮上忙的。"

"她有说怎么帮忙吗？请坐吧。门后有一把椅子，你把它搬过来。"

这是一个高个子男孩，没戴帽子，高高的额头上覆着几绺柔软的卷发，身上松垮垮地挂着一件过大的花呢外套，没系扣子，带着褶皱。非常美国。

事实上，很明显就是美国人。 他把椅子拉过来，坐了进去。 他的外套就像国王的袍子一样罩在外面。 他用温柔的褐色眼睛注视着格兰特，连角质镜框也难掩其光芒。

"马塔，不，哈拉尔德小姐，对，哈拉尔德小姐说您想查一些资料。"

"你对这事很擅长？"

"我正在做一些研究工作。 就在伦敦。 我指的是历史方面的研究。 她说您想了解一些这方面的事。 她知道我几乎每个上午都在大英博物馆里。 能帮到您我真的非常高兴，格兰特先生。"

"你真是太好了。 真的，你太好了。 你在忙些什么？ 我是指你的研究。"

"农民暴动①。"

"哦，理查二世。"

"是的。"

"你对社会现象感兴趣？"

年轻人忽然一改学生范儿，咧嘴笑了："不，我只是很喜欢住在英格兰。"

"你不搞研究就不能留在英格兰吗？"

"不太容易。 我必须找一个借口。 我父亲认为我应该继承家族事业。

---

① 农民暴动（The Peasants' Revolt）：1377 年，英王理查二世为筹集百年战争费用开始征收人头税，十四岁以上男女每人四便士。 1379 年增加到十二便士。 各地农民开始暴动。 最终暴动被镇压，有一千五百人被绞死或杀头。

我们家是做家具生意的,是提供全套服务、可以根据目录订购的那种。 别误会,格兰特先生,是很好的家具,它们十分耐用。 只是我对家具不感兴趣。"

"所以,既然没有极地考察团,大英博物馆就成了你能想到的最好的藏身之处了。"

"是啊,那里很暖和,我也是真的喜欢历史。 我在大学里学的就是这个。 还有,好吧,格兰特先生,如果您确实想知道的话,我跟着阿特兰塔·谢尔戈德一起来到英格兰。 在马塔,不,哈拉尔德小姐的剧中,她是一个金发的笨女人。 我的意思是她扮演笨女人。 阿特兰塔,她一点也不笨。"

"不,当然不笨。 她是一个很有才华的女孩。"

"您见过她?"

"我想放眼全伦敦,还没有人不曾见过她。"

"我觉得也是。 那出戏演了一场又一场,不是吗? 我们,我和阿特兰塔本以为只会演几个星期,所以我们和对方挥手道别说:下个月初见咯。 结果发现这出戏在英格兰一直没完没了地演,所以我只好找个借口来英格兰。"

"阿特兰塔本人难道不能成为理由吗?"

"对我父亲来说不算! 我的家人非常看不起阿特兰塔,其中又数我父亲最极端。 每当不得已需要提到她时,他总是管她叫'那个你认识的小女演员'。 您看,我父亲是卡拉丁三世,而阿特兰塔的父亲仅仅是谢尔戈德一世。 她家在中央大街上开了一家杂货店,就这样。 其实也是社会不可或缺的一分子。 您能明白我的意思吧。 当然,在美国,阿特兰塔没有什么成就。 我是指在舞台表演事业上。 在这里,她第一次获得了巨大的成功。 这也是她不愿意和剧院解约回美国的原因。事实上，要想劝她回美国，免不了要费一番周折。她说我们家不懂欣赏她。"

"所以你来这里搞研究。"

"您看啊，我必须想出一个只有在伦敦才能完成的工作。上大学时我做过一些研究，于是大英博物馆可能就成了您口中的'我的菜'①。我乐在其中，同时也能让我父亲看到我的确有事可做。真是两全其美。"

"的确，这是我见过的最好的借口。顺便问下，为什么选择农民暴动的课题？"

"哦，那是一个很有趣的时代，而且我觉得我父亲会喜欢。"

"他也对社会改革感兴趣？"

"不是。不过他痛恨国王。"

"尽管他自己名叫卡拉丁三世？"

"是啊，很好笑，不是吗？我不排除他在某个保险箱里藏着王冠的可能性。我敢打赌，他还会时不时地把那个包裹拿出来，偷偷去中央车站的男洗手间里戴一戴呢。很抱歉，格兰特先生，我一直不停地唠叨自己的事，您烦了吧。我来的目的不是这样的。我来这是为了……"

"不管你来这是为了什么，你都是从天而降的惊喜。所以放轻松一些，如果你不赶时间的话。"

---

① 原文"my cup of tea"，这个表述曾用在前文格兰特和马塔讨论理查三世时，当时格兰特讲到作为爱德华的后嗣兼整个王国子民的庇护者，理查三世的"名头已经足够令他满意（It would have been very much his cup of tea: guardian of both Edward's son and the kingdom）"。

"我从来都不赶时间。"年轻人说着,把腿向前伸直开去。 就在他伸展身体时碰到了床边的小桌,本来就立得不太稳当的理查三世画像掉在了地上。

"啊,对不起! 我太粗心了。 其实我对自己的腿长还没有完全适应。您肯定觉得一个人到了二十二岁就应该适应自己的发育状况了,对吗?"他捡起画像,用袖口小心拂去上面的尘埃,饶有兴趣地看着它。"理查三世。英格兰国王。"他大声念道。

"你是第一个注意到画像背面有字的人。"格兰特说。

"嗯,不特别留意的话,确实很难发现啊。 我想,我是第一次遇到像您这样把国王画像当招贴画看的人。"

"他不怎么好看,是吗?"

"不好说,"男孩放慢了语速,"光看长相不像坏人。 我在大学里有个教授和他长得蛮像的。 那个教授靠服用胃药和牛奶为生,看上去总是病恹恹的,但他是您能想象得出的最和蔼的人。 您是想查理查的资料吗?"

"是的,不用那些太深奥难懂的东西,只是想了解一下他那个时代的真实说法。"

"哦,那应该挺容易办到的。 那个年代距离我的年代并不遥远。 我是说我正在研究的年代。 其实,研究理查二世的当代权威学者古特贝·奥利芬特爵士就是把这两个时代放在一起研究的。 您读过奥利芬特爵士的书吗?"格兰特告诉他自己只读过学校教科书和托马斯·摩尔爵士的书。

"摩尔爵士? 亨利八世的大法官?"

"对。"

"依我看，那本书更像一份特殊的辩词。"

"要我说更像政党的宣传手册。"格兰特说，第一次明白这本书留给自己的回味到底像什么。它不像政治家的陈词，而更近似政党的发言稿。

不。更像专栏文章，那种从楼下仆人口中获取素材的专栏作家写出的文章。

"理查三世的事，你都知道什么？"

"我只知道他弄死了两个侄子，想用他的王国换一匹马。还有就是他有两个助手，一猫一鼠。"

"什么！"

"不就是那个什么'猫啊，鼠啊，亲爱的狗。统治英格兰的是头猪'。"

"哦，当然。我给忘了。那是什么意思，你知道吗？"

"不，我不知道。我对那个年代的事所知甚少。您为什么对理查三世感兴趣？"

"我会有好长一段时间不能亲自查案，马塔建议我做一些学术层面上的研究。又因为我对人脸感兴趣，她就给我拿来了各种当事人的画像。我的意思是，她建议我去调查各种各样的谜案中的当事人的画像。理查出现在这里是个意外，结果他是那堆画像中最大的谜。"

"是吗？怎么说？"

"他犯下了历史上最令人反感的一桩罪行，却又偏偏长着一张最正直的法官的脸，正派的政客脸。而且，世人都说他想法变态却能处之泰然。顺便提一句，他还是一个很称职的地方行政长官。他曾经管辖英格兰北部且政绩斐然。他是一个好长官，也是一个好军人。他在私生活上也没有可以供人攻讦的地方。他的哥哥,也许你听说过,是除了查理二世以外我们的皇室出产的最会玩女人的家伙①。"

"爱德华四世。是的,我知道。一个充满男性魅力的、身高一米八三的魁梧男人。也许正是这种反差让理查感到不满,继而乐于除掉兄长的后代呢。"

格兰特从未这样想过。

"你是说理查压抑着内心深处对哥哥的仇恨?"

"为什么说是压抑的?"

"哪怕骂理查骂得最厉害的人也无法否认他对爱德华的忠心。从理查十二三岁起,他俩就形影不离。另一个兄弟乔治倒是对谁都不在乎。"

"乔治是谁?"

"克莱伦斯公爵。"

"哦,他啊!甜酒桶克莱伦斯。"

"就是他。所以我指的是爱德华和理查,只有他们俩。他们相差十岁,正是容易产生英雄崇拜的年龄差。"

"如果我是个驼背,"小卡拉丁想了想,说,"我肯定会恨一个公然抢走我所有风头、女人和地位的兄弟。"

"这很有可能,"格兰特略微顿了顿,说,"这是到目前为止我听到的最好的解释。"

"也许是一种没有显露在外的情绪,您明白的,也许是潜意识里的情绪。

---

① 据称查理二世一生情妇无数,有十几个私生子女。

直到他看到王座近在咫尺的时候，这想法才沸腾起来。他可能会说，我是指他体内沸腾的血液可能会说：'我的机会来了！这么多年来，我总是忙碌辛劳，在一步之外默默观望，没有得到一丝感激。这是我应得的。算账的时候到了。'"

格兰特注意到卡拉丁在形容理查时恰好用到了和佩恩-艾利斯小姐一样的比喻：在一步之外。那正是小说作者眼中的理查：跟美丽、健康的玛格丽特和乔治一起站在贝纳德城堡的台阶上，目送他们的父亲上战场。"和平时一样"，站在一步之外的地方。

"不过，按照您说的，理查在犯下那个罪行之前一直在表面上维持着好人形象，这倒挺有意思，"卡拉丁说，习惯性地用细长的食指推了推角质眼镜架，"这让他看起来比较像个人。莎士比亚笔下的那个他，您是知道的，只是一幅讽刺画，根本不像一个真实的人。格兰特先生，您需要哪方面的调查，我非常乐意帮您。研究农民题材之余偶尔换换口味应该也不错。"

"用猫和鼠替换约翰·巴尔和沃特·泰勒①。"

"正是如此。"

"你真是太好了。不管你找来什么资料，我都会非常高兴的。我现在特别想要的是事件发生那会儿关于它的真实记录。那一定是一件轰动全国的大事。我想看到来自当时的记述，而不是来自另一个王朝的人听说的小道消息。"

---

① 两人都是英国农民暴动中的领袖人物，于1381年被处死。

"我会找到当时的史学家。法比安①?也许吧。他是不是生活在亨利七世时期?无论如何,我会找到的。同时您也许想看一下奥利芬特,他是研究那个年代的权威。至少我是这么认为的。"

格兰特说他很乐意看一看古特贝爵士的著作。

"明天我路过这里时就会把它带来。放在门房就可以吧?我一找到当时的记录就马上跟您说。您看如何?"

格兰特表示这样的安排很完美。

小卡拉丁突然又害羞起来。这样的他又让格兰特想起了"毛茸茸的小羊羔"。之前他的全部兴趣都集中在对理查的全新解读上以至于暂时忘记了这个称呼。卡拉丁安静而含蓄地道了声晚安,缓步走出房间,大衣的后摆在身后随风飘荡。

格兰特想,即使不把卡拉丁家的财力考虑在内,阿特兰塔·谢尔戈德看起来都算交到了好运。

---

① 罗伯特·法比安(Robert Fabyan),著有《法比安编年史》(*Fabyan's Chronicle*)。

指控

到底是什么原因,
导致当时没有人提出这项指控?

"嗨，"马塔再次拜访的时候问，"你对我那位毛茸茸的小羊羔作何评价？"

"能帮我找到他，你真是太好了。"

"根本不用费事去找啊。他一直在周围出没，实际上跟住在剧场里没什么区别。他要么待在阿特兰塔的化妆间，要么坐在前排观众席里。《乘风破浪》这出戏他肯定已经看过五百多遍了。但愿他俩能结婚，这样我们就能少见他几次了。哎哟，他俩甚至还没同居呢。田园诗一样纯洁。"马塔暂时放弃了她的"演员式"的语调，"两个人确实很甜蜜，有时更像一对双胞胎而不是恋人。他们对彼此有着绝对的信任，两个人互相依赖才算完整。他们从来没吵过架，连争执都没有。至少我没见过他们争吵，就像我刚才说的那样，田园诗似的。这是布兰特带给你的吗？"

她带着怀疑的态度用手指拨了拨奥利芬特写的那本厚重的大书。

"是的。他托门房转交给我的。"

"这书看起来挺不好消化的。"

"让人很没胃口，应该这么说。不过一旦吞下去，还是很容易消化的。这书是写给大学生的历史，资料非常翔实。"

"得了吧！"

"至少我知道尊敬的圣人托马斯·摩尔爵士关于理查的小道消息都是从哪儿来的了。"

"哦，从哪来的？"

"一个叫约翰·莫顿的人。"

"从来没听说过这个人。"

"我也是。但这是因为我们无知。"

"他是谁?"

"亨利七世时期的坎特伯雷大主教,理查的死对头。"

如果马塔会吹口哨的话,她肯定要吹上一个表示一下。

"他才是真正的消息来源啊!"马塔说。

"他才是真正的消息来源。后人对理查的种种说法都基于他的描述。霍林谢德①按照他的故事打造了自己的历史著作,莎士比亚按照他的故事塑造了自己的舞台角色。"

"这么说,这是一个憎恨理查的人给出的版本。原先我并不知道这事。为什么圣人托马斯爵士要用莫顿的说法而不是其他人的?"

"不管他用谁的说法,最后都是都铎的版本。不过,他之所以选择了莫顿,可能是因为他小时候曾经在莫顿家里住过。当然了,莫顿是当之无愧的'在场者',摩尔把身边目击者的叙述记下来也是很自然的事,这也算是拿到了第一手资料。"

马塔又戳了戳奥利芬特的巨著:"你这位沉闷臃肿的历史学家知道那是一个有偏见的版本吗?"

"奥利芬特?他只是在暗示一些东西。坦白讲,他自己也很悲惨地被理查的事弄晕了头。在同一页里,他刚夸完理查是一个值得敬仰的长官和将领,具备卓越的声誉,性格沉稳有度,生活作风优良,跟王后的亲戚——伍

---

① 拉斐尔·霍林谢德(Raphael Holinshed, 1529~1580 年):英国编年史家,著有《霍林谢德编年史》,是莎士比亚诸多作品的史料来源。

德维尔家的暴发户相比更受人们欢迎,接着马上又指责他'极为寡廉鲜耻,为了攫取手边的王冠不惜掀起腥风血雨'。 在另外一页里,奥利芬特不情不愿地写道:'尚存一些理由让我们推测他还不算彻底的良知泯灭。'接下来一页,他描写了摩尔笔下的被自己的所作所为折磨得无法入睡的罪人的形象。到处都是这样的描写。"

"那么,沉闷臃肿的奥利芬特喜欢红玫瑰喽?"

"哦,我不这么想。 我不认为他是一个有意识的兰开斯特派。 虽然我认为他对亨利七世的篡位行为表现得非常宽容。 我忘了他在什么地方曾经很直白地说过:'亨利对王位没有丝毫觊觎之心。'"

"那么,是谁把他推上王位的呢? 我是说亨利。"

"兰开斯特家族的残兵余勇和伍德维尔家的暴发户吧,我想。 而在背后支持他们的是被小王子受到残害的事情激怒的整个国家。 显然任何一个哪怕只流着一丝兰开斯特血液的人都会这样做。 亨利本人非常精明,他把'替天行道'作为争夺王位的第一口号,把自己的兰开斯特血统放在次要地位。'效忠正义,而非效忠兰开斯特。'他的母亲是爱德华三世第三个儿子的私生子的后代。"

"我只知道亨利七世拥有超乎想象的财富,却是一个一毛不拔的人。 你听说过那个有趣的吉卜林的故事吗? 说的是亨利七世赐予了一个手艺人骑士的身份,不是因为那人做出了多漂亮的作品,而是因为他可以为此节省一笔挂毯的开销。"

"就凭挂毯后面的那把锈剑,你肯定是少数几位了解吉卜林女士中的一位。"

"啊，我与众不同的地方多着呢。所以，自从上次见面到现在，你在发现理查人格特点方面并没有进展喽？"

"没有进展。我已经完全糊涂了，和古特贝·奥利芬特爵士一样糊涂。愿上帝与他同在。我和他唯一的区别是我知道自己是糊涂的，他好像并不知道。"

"你和我那毛茸茸的小羊羔见面多吗？"

"自从他第一次拜访后，我就连他的影子都没见过了。已经三天了。我开始怀疑他是不是后悔答应了我的请求。"

"哦，不会的。我敢肯定他不会。忠诚是他的口号和信条。"

"就像理查。"

"理查？"

"他的座右铭是'Loyaulté me lie'——忠诚是我的牢笼。"

这时门外传来了一阵小心翼翼的敲门声。在格兰特的邀请下，布兰特·卡拉丁走了进来，像往常一样穿着宽松的大衣。

"啊！看来我打扰你们了。我不知道您在这儿，哈拉尔德小姐。我在走廊碰见了自由女神像，她以为只有您一个人在房间里，格兰特先生。"

格兰特不用猜就知道自由女神像是谁。马塔说她正准备离开，而且布兰特这个来访者可比她更受欢迎多了。她要给他们制造安静的环境去探讨那个凶手的灵魂。

在礼貌地躬身将马塔送出门之后，布兰特走回来，坐在来访者的椅子里。那种感觉就像一个英国人送女士离开餐桌后重新回到自己的座位一样。格兰特猜想，即便是尊崇女性的美国人，潜意识里也只有在全是男性的场合下才会感到真正的放松。 在被问到对奥利芬特的印象如何时，格兰特说他认为古特贝爵士有着令人钦佩的清晰的头脑。

"我还碰巧发现了谁是猫，谁是鼠。 他们都是这个国家里一呼百应的骑士，分别是威廉·凯茨比和理查·拉特克利夫。① 凯茨比是下议院的发言人，拉特克利夫则是与苏格兰和谈的特派员。 奇怪的是，这些响当当的名字竟然被人拼成了如此恶毒的政治打油诗。 猪头当然指的是理查的徽章。 白色的野猪。 你常去我们英国的酒馆吗？"

"当然。 这是我觉得你们做得比我们好的事情之一。"

"那么请原谅我们为了多喝几口酒而对野猪讨论不休吧。"

"还没到那么严重的地步，谈不上原不原谅。 可以这样说吧，我根本没放在心上。"

"你真宽容。 哦，还有些别的事希望你也别放在心上，就是你所说的理查因为自己是个驼背而憎恶哥哥的俊美的理论。 根据古特贝爵士的说法，驼背只是传闻而已。 手臂萎缩也不能完全当真。 理查好像没有明显的残疾。起码没那么严重。 他右肩比左肩低，仅此而已。 你找到那个时代的史学家了吗？"

"同时代的一个也没有。"

"一个也没有？"

---

① 猫和鼠指的是理查的亲信。 威廉·凯茨比（William Catesby）因其姓氏中的"cat"，被戏谑为"猫"。 同理，理查·拉特克利夫（Richard Ratcliffe）因姓氏中的"rat"被称为"鼠"。

"没有您说的那种。 确实有和理查一个时代的作者，但他们都是在理查死后才著书立传的，而且都是为都铎王朝而写的。 这些人就不能算数了。 有一套修道院的拉丁文编年史倒是在当时写下的，我还没拿到。 不过，我发现了一件事：那份关于理查的记录其实不是托马斯·摩尔爵士写的。 记录是在摩尔爵士的手稿中发现的，人们就把它算作了他的作品。 那是一份没抄完的手稿，在别处还有一份完本。"

"呵，"格兰特很感兴趣，"你的意思是它是摩尔爵士亲手抄录的版本？"

"没错，是他本人的笔迹。 在他三十五岁左右时写的。 那个年代印刷术还没普及，手抄书是很常见的事。"

"是的。 所以，如果他的信息是从约翰·莫顿那得来的，事实上正是如此，那么原书很可能就是出自莫顿之手。"

"没错。"

"这就好理解为什么书里会缺少感性的部分了。 莫顿那样一个汲汲营营的人，在背后说人坏话的时候是绝对不会脸红的。 你知道莫顿吗？"

"不知道。"

"他早先是律师，后来改行做了神职人员，是自有记载以来的最大的墙头草。 一开始他选择了兰开斯特，并且一直坚持到爱德华四世归位，王权尘埃落定。 然后他又向约克派示好，被爱德华钦点为伊利主教，天知道后来他还充当了多少个教区的牧师。 理查即位后，他先是支持伍德维尔家族，然后又力挺亨利·都铎，最后捞到了一顶红衣主教的帽子，成了亨利七世的大主教。"

"等等下，"男孩被逗乐了，"我当然知道这个莫顿，'莫顿之叉'的那个莫顿嘛。'穷人因其穷，花不起太多钱，所以要上缴给国王；富人因其富，花了太多钱，所以要上缴给国王。'"

"对。就是这个莫顿。亨利得心应手的榨钱机器。我忽然想到一个理由，很有可能早在王储谋杀案之前，莫顿就恨上理查了。"

"怎么说？"

"路易十一贿赂了爱德华一大笔钱，以这种羞耻的方式换取法国的和平。① 因为这场交易极不光彩，理查非常生气，他拒绝参与，还推掉了一大笔现金贿赂。可是莫顿却很想要这场交易和这笔钱。事实上他真的从路易那里拿到了为数不小的一笔酬劳。很大一笔，每年两千克朗。我想理查对他的直言评论不会太中听，即便他已经赚得盆满钵满了。"

"是啊，我也觉得他受不了这个。"

"而且，莫顿在古板拘谨的理查手底下自然不会像在爱德华那里一样为所欲为，所以即使没有谋杀，他也极有可能站在伍德维尔一边。"

"关于谋杀——"男孩欲言又止。

"怎么了？"

"关于谋杀——那两个小王子被杀的事——竟然没有人提到过，这难道不是很奇怪吗？"

"你说没有人提到过，是什么意思？"

"这三天我一直在看当时留下的资料，文件、信什么的。没有任何资料

---

① 爱德华四世率军于1475年6月在加莱登陆，路易自知不能力敌，向爱德华提出7.5万克朗的赔款、5万克朗的年贡。爱德华罢兵回国，路易化险为夷。

提到过两个小王子。"

"也许是他们不敢提吧。那可是一个'沉默是金'的时代。"

"是的。但是我还有一件更古怪的事要和您说。您是知道的,在博斯沃思战役之后,亨利曾经要求剥夺理查的财产和公民权。我的意思是,诉讼都交到国会上了。可他指控的是理查手段残忍、独裁,对谋杀的事却只字未提。"

"什么?"格兰特大吃一惊。

"没错。您很吃惊吧。"

"你确定?"

"非常确定。"

"博斯沃思战役结束后,亨利一回到伦敦就马上接管了伦敦塔。要是两个王储不见了,他没有理由不立即公布这一消息。这可是他手里攥着的王牌啊。"格兰特陷入惊诧之中,好一阵子没有说话。窗外的麻雀叽叽喳喳,吵个不休。"我想不出,"他说,"到底是什么理由让他拖了那么久才让整个首都得知王储失踪的事。"

布兰特把他的长腿变换了一个更舒服的姿势。"只有一种解释,"他说,"那就是两个王储并没有消失。"

这回沉默的时间更长了,两个人静静地看着彼此。

"哦,不,那太离谱了,"格兰特说,"这里面肯定有什么显而易见的理由被我们忽略了。"

"会是什么理由呢,比方说?"

"我不知道。我还需要更多的时间去思考。"

两个王储并没有消失

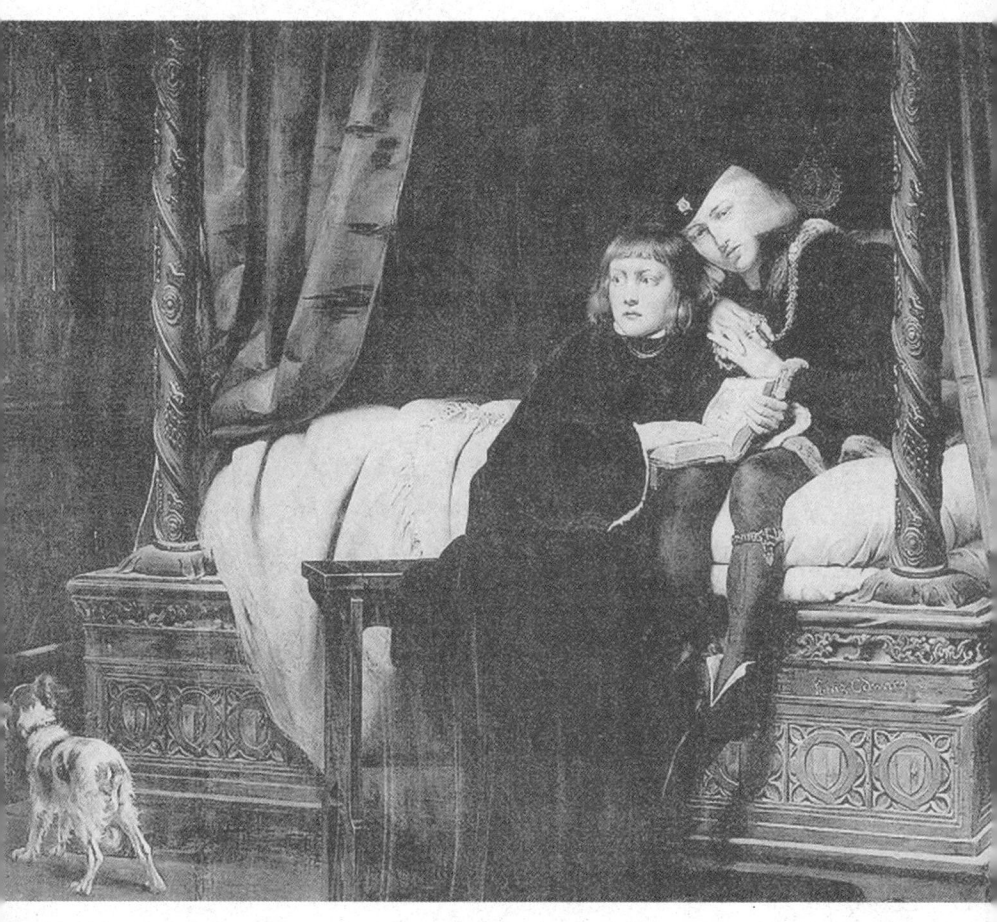

"我想了快三天了,还没想到合适的理由。没有任何理由可以解释这件事,除非两个王储在亨利接管伦敦塔时还活着。对理查的指控是极其无耻的。那些被指控'叛国'的理查的部下,可都是为正统国王抵抗侵略者的忠贞之士。亨利把每一条用得上的罪名都写进了诉讼案里。他对理查最严厉的指控是'残忍'和'独裁',根本没有提到两个王储的事。"

"真叫人难以置信。"

"匪夷所思,却是事实。"

"也就是说,在当时,没有任何人对他提起那样的指控。"

"大体上就是这样。"

"但是泰瑞尔是因谋杀罪而被处死的,他的确在死前认罪了。等下,"格兰特抓起奥利芬特的著作,快速地翻找着其中的一页,"关于这件事,书里有详细的记载。此事没有任何疑点,就连自由女神都了如指掌。"

"谁?"

"你在走廊里遇到的那个护士。泰瑞尔谋杀了两个孩子,他被判有罪,并且在行刑前认了罪。"

"那是什么时候的事,是在亨利入主伦敦以后吗?"

"等等,在这里,"格兰特浏览着书页,"不对,那是一五〇二年的事啊。"他忽然意识到自己刚刚说了什么,用一种全新的、困惑的语气又重复了一遍:"在……一五〇二年。"

"但——但——但那可是——"

"是的。事发后将近二十年。"

布兰特摸索着寻找烟盒,把它拿了出来,又急忙塞了回去。

"想抽就抽吧,"格兰特说,"我需要喝点儿烈的,脑子都快不够用了,我现在的感觉就像小时候玩捉迷藏时被人蒙住眼睛,原地转圈一样。"

"是啊,"卡拉丁说,抽出一支烟,点上,"乌漆麻黑,头晕得很。"

他坐在那里,盯着那些麻雀看。

"四千万本教科书怎会出错。"过了一会儿,格兰特说。

"不会错吗?"

"好吧,有可能。"

"我曾经以为不可能,但时至今日我不敢肯定了。"

"你这就开始怀疑了,会不会太快了点儿?"

"哦,其实还有另外一件事让我受到了触动。"

"什么事?"

"一个史称波士顿大屠杀的小事件。您听说过吗?"

"当然。"

"那是我在大学里查资料时偶然发现的。波士顿大屠杀实际上不过是一群暴民朝岗哨丢石头,总共才死了四个人。而我是从小听着波士顿大屠杀的故事长大的,格兰特先生。我二十八英寸的胸膛曾经被这件事填得满满的。一想到手无寸铁的市民在英军的扫射下一排排倒下去的画面,我体内那混着菠菜的血液就会沸腾起来。可当我发现它本来只是一次小冲突,甚至不比美国任意一场罢工的警民冲突严重多少时,您真的很难想象我有多么震惊。"

在没得到回答之前,他逆光观察着格兰特的反应。格兰特定定地望着天花板,好像在琢磨那上面的花纹是如何形成的。

"我之所以热爱研究事物,一部分原因正在于此。"卡拉丁主动找话说。

他靠在椅背上，盯着窗外的麻雀。

格兰特没说话，伸出一只手来。卡拉丁递给他一支香烟，帮他点上。

他们在沉默中抽烟。

最后，是格兰特先打断了麻雀的表演。

"汤尼潘帝。"他说。

"什么？"

但格兰特的神思还游离在远方。

"毕竟我们在当代也见识过这种事，不是吗？"格兰特说，不是对着卡拉丁，而是对着天花板，"汤尼潘帝。"

"汤尼潘帝到底是什么？"布兰特问，"听起来像专利药品。您的孩子容易烦躁吗？小脸通红，脾气暴躁，容易疲劳？只需给他吃上一片汤尼潘帝，保管药到病除。"见格兰特没有接话，他继续说，"好吧，您不想解释，我就不问了。"

"汤尼潘帝，"格兰特说道，声音仍然如呓语一般，"是南威尔士的一个地方。"

"我还以为是某种药呢。"

"如果你到南威尔士你就会听说，在一九一〇年，政府派军队开枪镇压了为争取权益而罢工的威尔士矿工。你也许还会听到温斯顿·丘吉尔的名字，当时他是内政大臣，负责处理此事。人们会对你说，南威尔士将永远铭记汤尼潘帝。"

卡拉丁收起了他那乐呵呵的态度。

"实际上完全不是那么一回事？"

"真相其实是这样的。 朗达山谷出现了一群不受控制的居民，商店发生了抢劫事件，财产遭到破坏，格莱墨甘的警察局长请求内政部派遣军队保护守法公民。① 如果一位警察局长判断事态已经严重到需要军队支持的地步，内政大臣是没有什么选择的。 但是丘吉尔担心军队面对骚乱的群众会擦枪走火，所以并没有让军队出面，而是派了一批训练有素的城市警察前往支援。 这次事件从头到尾唯一的流血事件是有一两个人流了鼻血。 可是内政大臣却为这次'史无前例的干预'而受到了下议院的严厉指责。 这就是汤尼潘帝，这就是威尔士人民永远无法忘怀的武力镇压。"

"是啊，"卡拉丁想了想，说，"是啊。 几乎和波士顿事件一模一样。 有人为了政治目的，把一点微不足道的小事夸大了。"

"重点并不在于这两件事是否一模一样。 重点是每一个经历过这件事的人都知道它纯属无稽之谈，而这些无稽之谈却从未被质疑过。 时至今日，它们已经被坐实了是真事，无从辩驳。 虚假的历史故事成为传奇，那些知道真相的人们却袖手旁观，一言不发。"

"还真是，这很有趣。 可不是嘛，历史就是这样被编造出来的。"

"没错。 这就是历史。"

"还是要以调查为准。 毕竟想要了解任何事情的真相并不能全靠道听途说，实际情况可以通过当时琐碎的事件拼凑起来，比如报纸上的一则广告，房屋转让，戒指的价格，等等。"

格兰特继续盯着天花板，麻雀的喧闹声又回来了。

---

① 朗达山谷（Rhondda valley）和格莱墨甘（Glamorgan）都是南威尔士的地名。

"你在笑什么?"格兰特问道,终于转过头来,看着来访者的表情。

"我感觉自己像个警察一样。 我在像警察一样思考。 我在问自己每一个警察侦查谋杀案时都会问自己的那个问题:谁是受益者? 直到现在我才发现,那套声称理查杀掉两个孩子是为了确保王位的稳固的说法是多么的荒谬。 就算除掉了两个孩子,他和王座之间还隔着五个姐妹。 这还没把乔治家的一对儿女计算在内呢。 乔治的两个孩子可能会受到父亲失势的影响,但我想法案还是可以修改或者废除的。 如果理查称王的基础薄弱,那么所有这些人都会成为令他缺乏安全感的理由。"

"他们在理查的有生之年都活着吗?"

"这我不知道,不过我会去求证一下。 两个男孩的长姐肯定是活下来了,因为后来她嫁给了亨利,成了英格兰的王后。"

"这样吧,格兰特先生,就让我和您一起从头开始调查这件事吧。 不看历史书,也不管任何现代人的观点。 人言不可信,细节见真章。①"

"金句。"格兰特赞道,"具体指什么?"

"包含了所有。 真实的历史都不是以历史的形式记录的。 真实的历史在服饰单子里,在私房钱的账本里,在私人信件里,在房产记录里。 比方说,假如有人坚持说沃斯特夫人从来没有过孩子,但你却在账簿里发现这样一笔支出记录:'米迦勒节前夜,夫人生子所用,蓝色缎带五码,四个半便士。' 这就足以推理出这位尊贵的夫人在米迦勒节前夕生了个儿子。"

---

① 原文:Truth isn't in accounts but in account books. "Account"一词语带双关,既指"人们的转述和传言",又指像账本一样"琐碎的记录"。

真实的历史都不是以历史的形式记录的

"这样哦，我明白了。 好吧，我们要从哪里开始？"

"您是调查官，我只是个查资料的。"

"学术研究员。"

"承蒙抬举。 您想知道什么？"

"好吧，作为开头，我们先了解一下当时的当事人对爱德华的死有什么反应。 这也许不会带来重大突破，却还是有点用处。 我指的是爱德华四世。 他的死非常突然，势必会引起动荡和不安。 我想知道相关人士都有哪些反应。"

"那不难，而且相当直接。 我的理解是，您想知道他们实际做了什么而不是想了什么，对吗？"

"是的，当然。"

"只有历史学家会告诉您他们是怎么想的，研究员只关心他们做了什么。"

"我只想知道他们做了什么。 我一直相信那句老话：做比说重要。"

"顺便问一下，圣人托马斯是怎么描述理查听到哥哥死讯时的反应的？"

"圣人托马斯爵士，又名约翰·莫顿的代言人是这么说的：理查当时正在忙着向王后进言，让她不要派大批护卫去拉德洛迎接王储。 与此同时，他正在暗中计划如何在王储返回伦敦的途中绑架他们。"

"那么，根据圣人摩尔的说法，理查一开始就想除掉王储？"

"嗯，是的。"

"好吧，那么不管能不能推测出他们的动机，我们起码应该搞清楚当时都有谁在场，他们都做了什么事。"

"这正是我想查的。"

"我是警察!"男孩促狭地说,"十五号下午五点,你在什么地方?"

"挺上道儿,"格兰特鼓励他说,"肯定行。"

"好咧,我要去工作了。一得到您想要的东西,我会马上过来看您。非常感谢,格兰特先生,这可比农民的课题有意思多了。"

卡拉丁翩然离去,融进了冬日下午渐渐浓郁的暮色中,身后长长的衣摆为他瘦削而年轻的身影增添了几分学者的气质和风范。

格兰特把台灯拧亮。他研究着光影在天花板上形成的图案,仿佛第一次见到它们一样。

那个男孩信手抛来的课题竟然如此独特而充满挑战,真是令人意外。

到底是什么原因导致当时没有人提出这项指控呢?

亨利根本无需任何证据证明理查对此事负有责任,因为两个王储在理查的监护之下。接管伦敦塔时没找到王储的亨利在朝死对头泼脏水时搬出这个罪名,远比指控对方"残暴"或者"独裁"要强有力得多。

一顿晚饭吃下来,格兰特完全没有意识到饭菜的味道和口感如何。

亚马逊把盘子收走,亲切地说:"不错嘛,真是好现象,两块炸肉饼吃得一干二净。"直到这时格兰特才发现自己刚才用了晚餐。

之后的一个小时,他盯着天花板上的光影,在心中回放整个事件。他想了一遍又一遍,希望找到一窥事件真相的突破性线索。

最后他把全部注意力从这件事上彻底收了回来,这是当他以往面对无法立刻破解的难题时养成的习惯。就到这里吧,也许明天醒来时会发现破解问题的新角度。

他设法找别的东西转移视线，好让自己不要一直沉浸在对理查的判决上，结果看到一摞没拆封的信件。它们是来自形形色色的人们的问候，包括几个老惯犯。讨人喜欢的老惯犯们早已过时了，数量也一天比一天少。他们的江湖地位已经被无礼的年轻一代所取代，而后者那以自我为中心的灵魂里没有一点人性的影子。他们像小狗一样无知，像电锯一样无情。老一代黑道人士和从事其他任何职业的人们没什么两样，并没有坏到哪里去。他们是安静的、热爱假期且关心孩子扁桃腺的居家小男人，或者业余时间喜欢养鸟和流连旧书店、沉迷于复杂而精确的赌博技巧的古怪单身汉。老一辈人就是这样。

现代的流氓可不会写信说他为一个"条子"的倒下而感到遗憾。一个现代流氓绝对不会产生这种念头。

对于一个卧病在床的人来说，回信是件非常吃力的事情。格兰特一直本着能不写就不写的原则。但是最上面一封信的信封上赫然是堂妹劳拉的笔迹。劳拉得不到回信会着急的。自童年起他和劳拉就一起过暑假。在某一年夏天的高原上，他们之间似乎还产生过一丝情愫。这种感觉成为他们之间的纽带，一直不曾断绝。他最好给劳拉写几句话，让她知道自己还活着。

格兰特又把她的信读了一遍，露出一丝微笑。杜里的溪水仿佛在他耳边响起，在他眼前流淌。他几乎可以闻见冬日里高地荒野那甜蜜而凛冽的味道。有那么一会儿，他忘记了自己是一个住院的病人，正过着何等黯淡、枯燥和幽闭的生活。

帕特让我向你转达他的爱。如果他的岁数再大一点儿或再小一点儿的话，这份问候的效果会更好一些。眼下，只有九岁的他对我说："告诉艾伦，我要他。"他捣鼓了一大堆小发明，想等你休病假的时候给你看呢。最近他在学校里受了点刺激：他刚知道查尔斯一世是被苏格兰人出卖给英格兰的，于是他决心再也不想属于这个民族了。自那以后，他开始了一场只有他一个人参与的抵制活动。我想他的意思是抵制有关苏格兰的一切：不学苏格兰历史，不唱苏格兰歌曲，不去记诵任何与这个可悲的国家搭边儿的地理知识。昨晚上床前，他还宣布了要去申请挪威国籍的决定。

格兰特从桌上拿起信纸本，用铅笔写道：

最亲爱的劳拉：

如果当年的塔中王子其实不是被理查三世害死的，你会不会惊讶，会不会无法接受呢？

你永远的

艾伦

又：我快痊愈了。

I

无稽

一流的汤尼潘帝,不是吗?

每一个经历过这件事的人都知道它纯属无稽之谈
而这些无稽之谈却从未被质疑过

"你知道吗？ 提交给国会的理查的罪状中并没有提到谋杀'塔中王子'的事。"第二天早上，格兰特问他的外科医生。

"是吗？"外科医生答道，"太奇怪了，不是吗？"

"奇怪极了。 你能猜到理由吗？"

"也许是家丑不可外扬吧。"

"理查的继任者和他不是同一个家族的。 他是这个家族的最后一位国王。 继任者是都铎家族的第一位国王，亨利七世。"

"是的，当然是这样。 我忘了。 历史一向不是我的强项，以前我总在历史课上做代数作业。 学校把历史这门课教得一点意思都没有，要是多配几幅画像可能会有帮助。"他扫了一眼理查的画像，又回到他的专业领域，"你看起来气色不错，很健康。 真令人高兴。 你还有哪里疼吗？"

之后，外科医生便亲切而随和地告辞了。 他之所以对脸感兴趣是因为那是他职业的一部分，而历史对他来说是用来掩护他做别的事的东西，比如可以让他在书桌下面做代数作业。 他要照看活生生的病人，左右他们的未来，没有精力去想学术上的难题。

护士长也是如此，她有更多紧急事务需要处理。 当格兰特向她提出这个问题时，她很有礼貌地听完了，但他总觉得她的神情好像在说："如果我是你的话，会去找医院的义工聊这个话题。"她的职责并不在此。 她像蜂后一样睥睨着自己的王国，确保庞大的蜂巢忙碌运作。 所有的事情都是那么紧迫和重要，根本不能指望她去关注一桩四百年前发生的事。

格兰特想说："可是你们所有人都应该对可能发生在王室中的事情感兴趣啊。 一个人的声誉是何等的脆弱，竟然可以在旦夕之间灰飞烟灭。"但是格兰特已经充满了罪恶感,因为他无端妨碍了护士长的工作,让她本来就极为冗长的晨间巡房拖得更久了。

短粗胖不知道理查的罪名是什么,而且很清楚地表示她根本不在乎。

"那件事都让您魔怔了,"她伸过头去看了看画像,说,"这不健康。您干嘛不去读一读那些好书呢?"

就连马塔也指望不上了。格兰特本来很渴望见到她,与她分享这个离奇的发现,看她对此有什么反应,然而她却因为太生马德琳·玛尔奇的气而没时间搭理他。

"她已经亲口答应我她会写了!我们在一起讨论了这么多次才让这个没完没了的计划终于见到了曙光。我都开始和雅克讨论服装的部分了!现在她却决定要去写那可怕的侦探小说。她说必须趁灵感还在的时候赶紧写出来。诸如此类的理由。"

格兰特满怀同情地听着。是的,好的戏剧价值连城,好的作家更是凤毛麟角。但对他来说,这事如隔岸观火一般。就今天早上的他而言,十五世纪比沙福兹贝里大道上发生的任何事都更为真实。

"我想,写一本侦探小说不会占用她太长时间。"格兰特安慰马塔。

"哦,确实不会。六个多星期就够了。重点是现在又让她给溜了,我怎么知道还能不能把她拉回来?托尼·萨维拉想让她帮忙写一部关于马布罗的戏。你也知道托尼下定决心想要一样东西的时候是什么样子。他就连海军司令部拱门上的鸽子都能给哄下来。"

在离开之前,马塔对判决的事只留下一句简短的话。

"一定会有一个解释的,亲爱的。"她站在门口说道。

当然会有一个解释的，格兰特想冲着她的背影大吼一声。但那个解释是什么呢？这件事杜绝了一切可能性，违背了所有常识。历史学家说这场谋杀改变了人们对理查的看法。因为这一罪行，理查被整个英格兰痛恨，而这也是英格兰人民之所以欢迎一个陌生人取代他的王位的原因。可是，当他的恶行在国会面前——罗列时，那场谋杀却没有被提及。

这桩案子提审时理查已经死了，拥护他的人要么在逃亡之中，要么被放逐在外。政敌们自然能够把任何他们想要的罪名强加在理查头上，然而他们却没有想到那场极为显眼的谋杀。

为什么？

据称整个国家因为王储的失踪而沸反盈天。这是当时最热门的丑闻。可是当理查的政敌搜集他违背道德和背叛国家的罪行时，居然没有将这件最臭名昭著的事计算在内。

为什么？

亨利正在经历初登大宝的过渡期，任何微不足道的有利条件都应该加以利用。这个国家的大多数人不认识他，论血统他也没有成为国王的资格。可他却没有利用理查这个众所周知的罪行以及这一罪行理应带给他的压倒性的好处。

为什么？

他从一位声名显赫的君主那里继承了王位。从威尔士边境到苏格兰疆界，这位君主可谓家喻户晓，而且在侄子们失踪之前一直广受爱戴。即便如此，亨利还是忽略了他在对阵理查时的最大王牌——后者那令人憎恶的、不可饶恕的罪行。

为什么？

似乎只有亚马逊还在关注这件让他念念不忘的怪事。倒不是因为她对理查有什么特别的感觉，而是她那充满责任心的灵魂会因为历史出了错误而惴惴不安。为了一张别人忘了扯掉的日历纸，亚马逊可以在走到走廊另一头后再走回来。不过她思虑的本能远不如她安慰人的本能强。

"别担心了，"她用安慰的语气说，"肯定有一个非常简单的解释，只是您还没有想到而已。您换换脑子，说不定什么时候就想起来了。平时我把东西放错地方的时候就是这么想起来的。比如我会在把水壶拿到储藏室的路上，或者数修女捐助的消毒外套时，突然想起：'天啊，我把它落在我巴宝莉的风衣口袋里啦。'我的意思是，不管忘记了什么事都是一样的。所以您一点都不用担心。"

威廉姆斯警官正在艾塞克斯的野地里帮助当地警察查案。一个老店员被铜秤击中头部，死在了堆满鞋带和草根的杂物中。所以苏格兰场无法给格兰特带来任何帮助了。

没有任何人援助格兰特，直到三天后小卡拉丁的再次出现。格兰特觉得他举手投足之间那一直都有的超凡脱俗的味道又加强了几分，甚至还带了点自得的味道。作为一个受过良好家庭教育的孩子，他先礼貌地问候了格兰特的康复情况。在得到肯定答复后，他从外套的大口袋里摸出几页笔记，透过角质眼镜框盯着他面前的同伴。

"我可没把圣人摩尔带来当礼物哦。"他愉悦地看着格兰特。

"最好别提他。这里没人想要他。"

"他已经出局了。出局了。"

"我也这么想。 让我们用事实说话吧。 可以从爱德华去世那天说起吗？"

"好的。 爱德华是一四八三年四月九日去世的。 在伦敦。 我的意思是，在威斯敏斯特，当时它们还不是同一个地方。 我想那个时候王后和两个女儿都住在那里，还有男孩中年纪较小的那一个。 小王子正在拉德洛城堡上课，他的监护人是王后的哥哥瑞夫斯勋爵。 王后的族亲权势滔天，您知道吧？ 那地方到处都是伍德维尔家的人。"

"是的。 我知道。 继续说。 理查在哪？"

"在苏格兰边境。"

"什么！"

"没错，我说的就是苏格兰边境，远离权力中心。 可是他有大叫着要一匹马回伦敦吗？ 他没有。"

"那他做了什么？"

"他在约克办了一场安魂弥撒，召集了所有的北方贵族。 贵族们在他的带领下宣誓效忠年幼的王储。"

"有意思。"格兰特淡淡地说，"王后的哥哥瑞夫斯在做什么？"

"四月二十四日，他与王储一起出发前往伦敦。 随从有两千人，还有大量武器。"

"他带武器是想干吗？"

"别问我啊，我只是一个研究员。 多塞特——王后第一次婚姻的长子——接管了伦敦塔里的军火和钱财，并开始筹备船只去接管英吉利海峡。 国会发布的命令是由'国舅'瑞夫斯和'同母皇兄'多塞特签署的，根本没有提到理查。这肯定有问题,如果您知道且记得的话,爱德华在遗嘱里指定理查在非常时期出任王储的监护人和护国公。只有理查一个人,提个醒,没提到任何辅助者。"

"是的,最起码这符合他的个性。一直以来爱德华都很信任理查,无论是他的人格还是办事能力,百分之百地信任他。理查南下时也带着新军吗?"

"没有。他带着六百个北方贵族,一行人个个心情沉痛。四月二十九日,他们来到了北安普敦。显然理查希望在那里与拉德洛的人马会合。不过,这只是个传闻而已,是史学家的说法。然而拉德洛的人马,也就是瑞夫斯和王储并没有等他们,而是直接去了斯通尼斯特拉福。在北安普敦与理查会合的实际上是白金汉公爵和他手下的三百个人。您知道白金汉公爵吧?"

"有点印象。他是爱德华的朋友。"

"没错。他是从伦敦匆忙赶来的。"

"带着外界的最新消息。"

"相当合理的推理。他带了三百人来,不会只是为了表达哀悼。然后他们在那里组成了议会。要召集一次像样的枢密院会议,理查和白金汉公爵的人马中有足够的人选可以搞定。后来瑞夫斯和他的三个同党被捕并被押送到北方,理查则陪伴王储继续赶路。他们于五月四日到达伦敦。"

"好的,非常好,也很清楚。最清楚的一点是,圣人摩尔说理查曾写信给王后,骗她不要派太多人护送王储。如果把时间和距离因素考虑在内的话,这说法纯粹是无稽之谈。"

"一派胡言。"

"真实情况是，理查只是做了人们希望他去做的事。 他当然知道爱德华遗嘱的内容。 理查的所作所为完全符合人们的预期——他的悲痛和对王储的照顾，还有一场安魂弥撒和效忠宣誓的仪式。"

"没错。"

"这套符合传统的行为模式是从哪里开始出问题的呢？ 我是指理查的所作所为。"

"哦，没过多久。 当理查回到伦敦时，发现王后带着年纪更小的王子、两个女儿以及她第一次婚姻所生的孩子多塞特用最快的速度去了威斯敏斯特寻求庇护。 除此之外都算正常。"

"他把王储送到塔里了吗？"

卡拉丁快速翻阅着自己的笔记："我不记得了，也许是我没查到这方面的资料。 我只是，哦是了，在这里。 没有。 他把王储带到了圣保罗大教堂的墓园，安置在主教家里。 他自己则回到贝纳德城堡和他母亲住在一起。 您知道那城堡在哪儿吗？ 我不知道。"

"我知道。 是约克镇上的一幢房子。 就在距离圣保罗大教堂西边不远的河岸上。"

"哦，那么，理查在那里一直待到了六月五日。 等他的妻子从北方赶回来之后，他们去了一个叫作克罗斯比官的地方。"

"那房子现在还叫克罗斯比官呢，已经被搬到了切尔西。 我最近没见过它，理查亲手装的窗户可能已经不在了，但建筑本身应该还在。"

"真的吗？"卡拉丁高兴地说，"我这就想去看看。 你想啊，这多像一件寻常的家事，不是吗？ 先和自己的母亲住在一起，等妻子来了以后再跟她一起搬出去。当时的克罗斯比宫是他名下的财产吗?"

"我想是他租的。那房子属于伦敦的某个议员。所以,没有任何迹象表明理查抵达伦敦时有任何反常的表现或者改变计划的意图。"

"是的,没有。而且他在抵达伦敦之前就被当成护国公了。"

"你是怎么知道的?"

"我在当年留下的大事记上读到理查曾经两次被称为护国公的记录。让我看看,一次是四月二十一日,在爱德华死后不到两个星期的时候。另一次是五月二日,在他抵达伦敦两天前。"

"好吧。这个我信。没有引发骚乱,没出任何问题?"

"至少我没发现。理查于六月五日发布法令,为二十五日的王位加冕仪式做了详细的安排。他甚至写信给四十名贵族,召集他们前来受封巴斯骑士。国王在加冕仪式上册封巴斯骑士好像是一种传统。"

"五日。"格兰特边想边说,"他把加冕的日子定在二十二日。他没给自己留多少时间篡位。"

"没有。这里甚至还有一条关于王储定制加冕礼服的记录。"

"接下来发生了什么事?"

"呃,"卡拉丁带着歉意说,"目前我只知道这些了。我觉得六月八日的议会上发生了一些事,相关记载来自同时代人菲利普·德·科敏①的《回忆录》,我到现在还没看到那份资料,但是有人答应明天让我看看一九〇一年

---

① 菲利普·德·科敏(Philippe de Comines,1447~1511年):法国十六世纪编年史作家、外交家。

曼德罗的印刷版。 好像是巴斯主教六月八日给议会送去了重要消息。 您知道巴斯主教吗？ 他的名字是斯丁顿。"

"没听说过这个人。"

"他是万圣会的成员，不知道那是什么。 他同时也是约克会的成员，同样不知道是什么。"

"听起来都像是挺高深、挺受尊敬的样子。"

"好吧，暂且不论。"

"除了科敏，你还查到那个时代其他历史学家了吗？"

"没有，到目前为止还没有。 没有人在理查死前写过什么。 科敏也许有法国式的偏见，但他毕竟不是都铎的人。 相比之下，他比那些在都铎王朝统治下的英国人要可信得多。 不过我倒是有一个很有趣的例子能说明历史是怎么被编造出来的。 这是我在查找当时的历史学家时发现的。 您知道，在理查三世的众多故事里，有一个说的是他在图克斯伯里战役之后无情地杀掉了亨利四世唯一的儿子。 信不信由你，这事儿从头到尾都是瞎掰的。 我们可以追溯到这个故事的源头。 对于那些坚信空穴来风的人而言，这无疑是个绝佳的反例。 请相信我，这阵风可是有来头的。"

"可是图克斯伯里战役发生时理查只是个孩子啊。"

"十八岁吧，我想。 当时他是人们交口称赞的优秀战士。 亨利的儿子和理查年龄相仿。 当时所有的记载，不管哪一派，都众口一词地说他死在那场战役里。 然后有趣的事就来了。"

卡拉丁不耐烦地翻找着他的笔记。

"见鬼，我把它弄到哪去了？ 哈，在这儿。 法比安，为亨利七世写史立传的人,说男孩被俘并被带到爱德华四世面前,爱德华用戴着铁手套的手打他的脸,然后又令手下将其杀害。 听起来挺顺的,是吧? 但波利多尔·维吉尔①还有更好的版本。 他说具体的凶手是克莱伦斯公爵乔治、格洛斯特公爵理查和黑斯廷斯勋爵威廉。 后来哈尔又把多塞特加到了凶手的名单里。但霍林谢德并不满足于这些。 在霍林谢德的笔下,格洛斯特公爵理查是第一个出手打男孩的人。 您觉得如何? 一流的汤尼潘帝,不是吗?"

"如假包换的汤尼潘帝。 一个充满了谎言的戏剧性的故事。 如果你能忍着再听一两段圣人摩尔的杰作,我还能再给你举一个编造历史的例子。"

"圣人摩尔让我反胃,不过我愿听听。"

格兰特找到了他想要的段落,朗读道:

也许有智者说:理查的篡位之心暗藏已久。促成克莱伦斯公爵之死的人多则多矣,他却不在其列,并曾公开反对此事。但智者多以为,理查此举为一己之私多于国家大义。他们因此推断:早在爱德华在世的时候,理查就已经预料到他的国王兄长会因其不知节制而英年早逝。国王之子年纪尚幼,届时自己便可取而代之。他们还认为,因其抱有如此想法,必然会为克莱伦斯公爵的死而感到庆幸。因为乔治的存在不仅是他侄子登基的绊脚石,也阻碍了他的称王之路。然而这些并无依据,全凭推测,无法论定。

---

① 波利多尔·维吉尔(Polydore Virgil,约 1470~1555 年):十六世纪意大利历史学家。

"这个刻薄、八卦、谄媚的老家伙。"卡拉丁调侃道。

"发挥你的智商,能从这一大段评论中找到正面讯息吗?"

"能。"

"你找到了? 那你真的很聪明。 我读了三遍才找到有问题的部分。"

"理查曾公开反对处死他的哥哥乔治。"

"没错。"

"当然了,全是'智者言',"卡拉丁说,"给人留下的印象恰好相反。告诉您,我再不会把圣人摩尔的书当礼物送给别人了。"

"我想我们应该记住这是约翰·莫顿的记录,而不是圣人摩尔说的。"

"还是圣人摩尔听起来更好。 再说了,他只有对这件事感兴趣才会把它抄写下来。"

曾经当过兵的格兰特,现在躺在床上,试图从专业的角度去思考该如何解决北安普敦的困顿局面。

"没有经过正面交锋就搞定了瑞夫斯的两千军力,他这一仗可谓打得干净漂亮。"

"国王的兄弟和王后的兄弟正面交锋,我想军队会更喜欢前者。"

"是啊。 带兵打仗的话,一个战士肯定要比写书的人更有胜算。"

"瑞夫斯还写书呢?"

"英格兰印刷的第一本书就是他撰写的。 他非常有文化。"

"呃。 不过他受的教育似乎没有教会他不要和一个十八岁任旅长、不到二十五岁就成为将军的人在战场上对决。 这件事让我非常惊讶,您知道。"

"你是指理查作为军人的能力?"

"不，是他太年轻了。 之前我一直把他想象成一个心事重重的中年人，可他在博斯沃思阵亡时才三十二岁。"

"告诉我，当理查在斯通尼斯特拉福被任命为王储的监护人时，他有清洗拉德洛的人吗？ 我的意思是，伴随小王子长大的那些人和他分开了吗？"

"哦，没有。 比如他的导师阿尔科克就陪他一起去伦敦了。"

"这么说，根本不存在伍德维尔一边的人——或者说那些可能教王储反对理查的人——要被除掉而造成的恐慌。"

"似乎没有。 只有四个人被逮捕了。"

"是啊。 一次干净利落、判断精确的行动。 恭喜理查·金雀花。"

"我真的要开始喜欢这个家伙了。 好吧，我现在就要去看一下克罗斯比官呢。 一想到能亲眼看看他真正住过的地方，我还有点兴奋呢。 明天我会把科敏写的资料带来，您就会知道他是怎么描述一四八二年发生在英格兰的事的。 还有巴斯主教罗伯特·斯丁顿在那一年的六月对议会说了什么。"

失误

他给自己下了一份死亡判决书?

一四八三年的那个夏天，斯丁顿到底对议会说了什么？据格兰特所知，斯丁顿说他早在爱德华四世迎娶伊丽莎白·伍德维尔之前就主持了前者和艾莉诺·巴特勒女士的婚礼，而艾莉诺是第一任舒兹伯利伯爵的女儿。

"他为什么拖了那么久才说？"格兰特试图消化这条新闻。

"自然是因为爱德华要他保守秘密。"

"看来爱德华有秘密结婚的爱好啊。"格兰特冷冷地说。

"哦，这件事对他来说一定是个困扰。您知道，他不想让自己的名誉染上污点。拥有那样的容貌和皇权，他已经习惯用自己的方式对待女人，以至于无法忍受挫折。"

"没错，这正是伍德维尔式的婚姻。流金色的长发和坚不可摧的美，还有秘密举行的婚礼。如此说来，假设斯丁顿的故事是真的，那么爱德华早就用过同样的套路了。这是真的吗？"

"这么说吧，在爱德华称王的那些年里，斯丁顿先后担任了掌玺大臣和大法官的职务，还曾经出任过驻布列塔尼大使。所以，爱德华要么是对他有所亏欠，要么就是特别喜欢他。从斯丁顿的立场来看，他应该没有动机去造谣诋毁爱德华。我是说，假如他是个会造谣的人。"

"不，我想不会。"

"不管怎么说，这件事被提交给国会了，所以我们不必只听斯丁顿的一面之词。"

"提交给国会了？"

"确实如此，所有事情都被摊在了台面上。九日，贵族们在威斯敏斯特开了一次很长的会议。斯丁顿带来了证据和证人，准备了一份要在二十五日提交给国会的报告。 十日，理查写信给约克市，请求军队的保护和支援。"

"哈！ 终于乱起来了。"

"是啊。 到了十一日，理查又写了一封类似的信给他的表哥内维尔勋爵。 由此可见他真有危险。"

"一定确有其事。 一个经历过北安普敦那种突如其来的变故并且轻而易举将它解决的人，应该不会虚张声势、大惊小怪。"

"二十日，理查带着一小批随从去了伦敦塔。 您知道吗，伦敦塔是当时王室在伦敦的住所，不是监狱。"

"我知道。 那里之所以成了监狱的同义词，是因为现在我们说起'送进伦敦塔'只有一个意思。 当然了，还有一个原因是：在监狱建起来之前，它是皇室在伦敦的城堡，是当时唯一可以关押叛乱者的坚固堡垒。 理查去伦敦塔做什么？"

"他去阻止了一场阴谋家的聚会，逮捕了黑斯廷斯勋爵和斯坦利勋爵，还有约翰·莫顿，那个伊利主教。"

"我就知道我们迟早会再遇到约翰·莫顿这个人。"

"一份公告公布了这场谋杀理查的阴谋的所有细节，但显然这份公告现在已经因为年代太久远而失传了。 只有一个谋反者被砍了头。 奇怪的是，这个被砍头的人还是爱德华和理查的老朋友，黑斯廷斯勋爵。"

"是的。 圣人摩尔说，他被匆匆忙忙地赶到院子里，在最近的一根木桩上被砍了头。"

"一点都不匆忙，"卡拉丁厌恶地说，"他是一个星期后才被砍头的。 这里有一封当时的相关信件，提到了事情发生的日期。 另外，理查不可能全然为了报复才这么做的，因为他把黑斯廷斯被没收的财产给了他的遗孀，还恢复了他的孩子们本该丧失的继承权。"

"黑斯廷斯肯定犯下了不可饶恕的罪行，"格兰特一边说，一边翻看摩尔为理查三世写的那本传记，"就连圣人摩尔也承认：'毫无疑问，护国公非常爱他，不愿让他离去。'斯坦利和约翰·莫顿怎么样了？"

"斯坦利被赦免了——您叹什么气呢？"

"可怜的理查。他给自己下了一份死亡判决书。"

"死亡判决书？为什么赦免斯坦利等于下了死亡判决书？"

"正是斯坦利在博斯沃思一战中的突然倒戈导致了理查的失败。"

"不是吧！"

"真奇怪，假如理查有预知能力，把斯坦利和他心爱的黑斯廷斯一起送上断头台的话，他就有可能赢得博斯沃思之战，就不会有都铎王朝，也不会有被都铎王朝塑造出来的驼背怪物。就理查之前的政绩而言，他统治的时代可能会成为有史以来最优秀、最开明的王朝。莫顿的下场怎么样？"

"没怎么样。"

"又是一个失误。"

"或者说至少没什么值得一提的事。他在白金汉公爵的监督之下，像个绅士一样被软禁起来了。真正被关进监狱的是理查在北安普敦逮捕的几个叛徒首领，瑞夫斯那群人。简·肖被送进了修道院。"

"简·肖？她和这个案子有什么关系？她是爱德华的情妇吧。"

"的确是。但看上去好像是黑斯廷斯从爱德华那里接收了她。或者是……我看看……多塞特继承了她。她在谋反的黑斯廷斯阵营和伍德维尔家族之间充当联络人的角色。 现存的一封理查书信中提到了她——简·肖。"

"说了她什么？"

"理查的副检察长想娶她为妻。 我是说，在理查当上国王以后。"

"他同意了吗？"

"同意了。 那是一封很可爱的信。 悲痛多于愤怒，还带着一点泪光。"

"我的天，人类是多么的愚钝！"

"确实。"

"从这件事看来，理查没想过要报复？"

"没有。 刚好相反。 您知道，思考并得出推论不是我的分内之事，我只是一个研究员。 但我感到很惊讶，理查的梦想竟然是为约克和兰开斯特家族之间的争斗画上句号。"

"你为什么会有这种想法？"

"哦，是我查到的那份加冕典礼的宾客名单。 顺便说一句，那是有史以来出席人数最多的加冕典礼。 您不可能不感到震惊：几乎没有人缺席。 无论是兰开斯特家族还是约克家族。"

"包括那个见风使舵的斯坦利吧，我想。"

"我想应该是的。 我对他们还没那么了解，记不住每个人的名字。"

"也许你是对的。 理查想给约克和兰开斯特家族之间的斗争画上句号，也许这正是他对斯坦利法外开恩的原因。"

"那么，斯坦利是兰开斯特派的？"

"不是，但他的妻子是一个兰开斯特的狂热拥趸。 玛格丽特·博福特。

然而博福特家族是兰开斯特家族的另一面，即非嫡亲的一支。 不过这种出身并没有影响到她，也没有影响到她的儿子。"

"她的儿子是谁？"

"亨利七世。"

卡拉丁吹了个长而低沉的口哨。

"您实际上是在说，斯坦利夫人就是亨利的母亲。"

"她正是。 亨利是她和第一任丈夫埃德蒙·都铎的儿子。"

"但是……但是斯坦利夫人在理查的加冕典礼上还享有一个荣耀的身份——为王后提裙摆。 我之所以注意到这一点，是因为我觉得这事有点怪。 我是说'提裙摆'这件事。 在我们国家没有这套礼仪。 我认为它代表着某种荣耀。"

"这可是一个惊天动地的荣耀啊。 可怜的理查，可怜的理查。 到头来一点儿用都没有。"

"什么没用？"

"他的宽宏大量啊。"格兰特躺着想事情，卡拉丁则在一旁快速地翻看着手里的笔记，"所以，国会接受了斯丁顿的证据。"

"不仅如此，国会还制定了一个法案，让理查名正言顺地登上王位。 那个法案的名字叫《王权法案》。"

"作为一个侍奉神明的人，斯丁顿的形象可谈不上光芒万丈。 不过，我想如果他能早些说出事实的话，也许还能早点超生。"

"您对他也太苛刻啦，不是吗？ 没有必要早说啊。 没人受到伤害。"

"艾莉诺·巴特勒女士怎么样了？"

人类是多么的愚钝

"她在一所修道院里去世了。如果您有兴趣知道的话,她的墓地在诺威治的加尔默罗白教堂里。爱德华活着的时候,没有人遭遇不测。但是,当面临继位权的问题时,不管你本来是什么样的人,这时候都不得不说了。"

"没错,你是对的。所以几个孩子被国会公开宣布为私生子。在英格兰所有贵族的见证下,理查获得了加冕。王后还在避难吗?"

"是的。不过她把小儿子送到了他哥哥的身边。"

"什么时候的事?"

卡拉丁在笔记里查找了一番:"是六月十六日。我记着呢:'应坎特伯雷大主教之要求,两个男孩都要住进伦敦塔。'"

"是在消息公布之后吗?在私生子的消息公布之后?"

"是的。"卡拉丁把笔记弄整齐,放进外衣的大口袋里,"看来今天的资料只有这么多了。但是还有一个关键内容我要留到最后说——"他把垂落在两边的大衣下摆合拢到双膝上,这是一个足以让马塔和国王理查为之艳羡的动作,"您知道那个法案吧,《王权法案》。"

"知道。怎么了?"

"是这样的,亨利七世即位后,在不经宣读的情况下便下令将这一法案废止了。他还命令销毁法案原件,禁止保留任何副本。任何保存副本的人都会被罚款并监禁,关多久完全看亨利的心情。"

格兰特震惊地瞪大了双眼。

"亨利七世!"格兰特说,"为什么?那法案对他有什么影响呢?"

"我也是一点头绪都没有。不过我可不想让这个疑惑伴我终生。对了,这里还有些东西可以让您在自由女神像送下午茶之前再开心一下。"

他把一张纸放在格兰特胸前。

"这是什么?"格兰特看着这张从笔记本上撕下来的纸问道。

"这就是那封理查提到简·肖的信。 回见。"

被留在一片安静中的格兰特把那张纸翻过来，开始阅读。

孩子气的、爬虫似的笔迹和理查正式的文法形成了辛辣的对比。 但是，无论是字迹潦草的现代抄写方式还是高贵的遣词造句都没有让这封书信失去原味，字里行间洋溢的那份愉悦就像一杯佳酿散发出的醉人芳香。 那封信翻译成白话文，大致内容如下：

听说汤姆·利诺姆想娶威尔·肖的妻子，我真是大吃一惊。显然他已经被迷住了，非她不娶。亲爱的主教，拜托您了，请去看看他。看您能不能让他的昏聩的大脑找回一些理智。如果您也无计可施，或者您从教会的角度看这桩婚事并无大碍的话，我会同意他们的婚事的。不过，要让他把婚期推迟到我回伦敦之后。与此同时，这也代表如果女方表现得当的话还可以得到保释。我建议您在这段时间把她交给她的父亲，当然也可以交给其他任何您认为合适的人选。

显而易见，正像小卡拉丁所说的，"悲痛多于愤怒。"事实上，考虑到这封信谈论的人是一个曾经想置他于死地的女人，字里行间流露出的仁慈和温和着实令人敬佩。 这正是理查心地仁善、不愿谋求私利的佐证。 他毫无偏见地面对约克和兰开斯特家族，并在双方之间寻求和平。 这也许不能完全称为无私之举——统一江山对他来说自然有着极大的好处，不过这封写给林肯

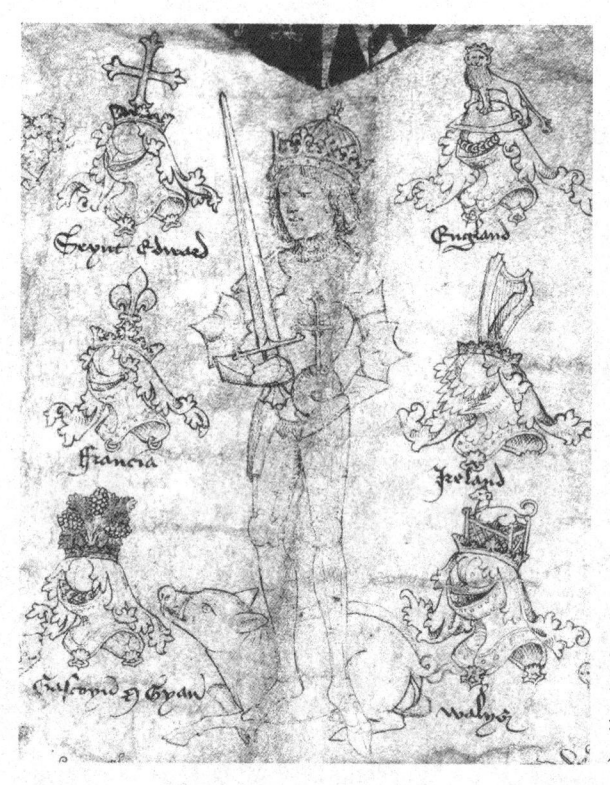

孩子气的
爬虫似的
笔迹

字里行间
流露出
仁慈和温和

主教的信只是一件私人琐事。释放简·肖对汤姆·利诺姆以外的人没有任何意义。理查也不会从这个慷慨之举中得到任何回报。很明显，理查想让自己朋友快乐的本能战胜了他的复仇之心。

其实，对于一个热血男人来说，理查这个人的复仇本能已经淡泊到了令人惊讶的地步。更何况，这个男人正是众所周知的怪物理查三世啊。

K
愚蠢

他们怒了。

很奇怪,不是吗?

这封信让格兰特消遣了好一段时光,直到亚马逊把茶点送进屋来。 耳边是窗台上二十世纪麻雀的吵闹声,格兰特为自己正在阅读一个生活在四百多年前的男人脑海中的词句而感慨万千。 要是理查得知四百年后有人读他为肖的妻子写下的这封私信,还产生了研究他的想法,应该也会觉得很奇妙吧。

"有一封信是给您的,这难道不是很好吗。"亚马逊给他带来两片涂了黄油的面包和一块硬面包。

格兰特把目光从那个毫无疑问非常有益健康的硬面包上移开,看到信是劳拉寄来的。

他愉快地拆开信。

亲爱的艾伦:

没有什么历史事件能让我感到惊讶。没有。苏格兰为两个女殉教者建造了纪念碑,说她们是因为坚持信仰而被淹死的。实际上她们根本没有被淹死,也算不上殉教者。她们其实犯了叛国罪——我想是为荷兰的入侵计划当间谍。无论如何,她们面临的只是民事指控,向枢密院上诉后还获得了缓刑。至今枢密院的档案馆还留着那份缓刑的判决书呢。

当然了,这些史实不会让崇尚殉教者的苏格兰人感到气馁。有关这两个女人的悲惨结局和那令人心碎的故事情节被陈列在每一个苏格兰人家的书架上。各个故事集里的情节大相径庭。其中一个女人的墓碑在威格镇的墓园,上面刻着:

她因信仰而被害
　　他主宰一切 知其无辜
　　她既无主教的名头
　　亦无长老之荣光
　　她被缚木桩上 沉寂海水中
　　为主受难

　　据我所知,虽然我也只是道听途说而已,她们甚至还是长老会华丽祷文的一大主题呢。游客们纷至沓来,被碑上的动人碑文感动得摇头晃脑。这曾一度为旅游业贡献了不少收入。

　　其实,最早的搜集者在长老会的极盛时期、传说中的殉道事迹发生不过四十年后就走遍了威格镇地区,并抱怨说"很多人否认这件事",而且根本找不到任何目击者。

　　听说你正在康复,这是个非常好的消息,大家也放心不少。如果你安排得当,你的病假刚好碰上春潮。现在的水位很低,等你身体好些的时候,水位的高度应该能让你和鱼儿都满意。

送上我们的爱
劳拉

　　又:奇怪的是,当你告诉某人一个传说背后的真相时,他会生你的气,而不会去生以讹传讹的人的气。他们不希望自己的信念遭到抨击。我觉得这会在他们心中引发某种隐约的不安,而他们对此极为反感。因此他们拒绝这样的事发生，还拒绝去思考。如果只是漠不关心的话，倒是比较自然也可以理解的。可是他们的反应要激烈和坚决得多。他们怒了。

很奇怪，不是吗？

层出不穷的汤尼潘帝。 格兰特想。

格兰特开始怀疑，课本里到底有多少英国历史事件是汤尼潘帝。

现在他知道了一些事实，重新翻阅起圣人摩尔的书来。 他想看看现在的自己对书中的相关段落又会有什么别样的感受。

当他仅以自己的眼光阅读时，这些段落也许只是为满足猎奇心态而讲述的闲言八卦，有几处还带着点荒谬的意味。 可是它们现在却变得令人厌恶透顶了。 格兰特现在正处于劳拉的帕特所说的"恶心死了"的状态，但他心里还是笼罩着一层谜团。

这是莫顿的说法。 莫顿既是目击者，也是参与者。 莫顿肯定知道那年六月份从头到尾精确到每一分钟发生的事。 然而，他却没有提到艾莉诺·巴特勒女士，没提到《王权法案》。 在莫顿的描述中，理查之所以认定王储的继承权不合法是因为爱德华此前已经和他的情妇伊丽莎白·露西结过婚。但莫顿又指出伊丽莎白·露西否认她与国王之间有过婚姻。

为什么莫顿要设下这种明知会被击倒的九柱戏？

为什么要用伊丽莎白·露西取代艾莉诺·巴特勒？

是不是因为他可以用事实否认露西曾经与国王结婚的传言，却无法用同样的方法推翻艾莉诺·巴特勒的？

当然，这个假设的前提是，让理查宣称王储是私生子的说法不成立对某人

为什么要设下这种明知会被击倒的九柱戏

或某些人有着至关重要的意义。

那么，既然在圣人摩尔的手稿里，莫顿是为亨利七世写书立传的，那个"某人"应该就是亨利七世，那个销毁了《王权法案》并禁止任何人保留副本的亨利七世。

格兰特的脑海中又浮现起卡拉丁的一句话。

亨利七世下令在不经过宣读的情况下废止了该法案。

对亨利来说，不让法案的内容被任何人知道居然重要到促使他必须在宣读之前就将其废止。

为什么亨利如此重视这件事？

理查的权力为什么会对亨利造成影响？ 并不是只有当他说理查的声明是伪造的，所以他的才是合法的。 无论亨利·都铎的王位继承资格有多么卑微，那都是兰开斯特家的事，约克家族的继承人是无法置喙的。

那么《王权法案》到底包含什么重要的内容，让亨利认为它必须被世人遗忘？

为什么要把艾莉诺·巴特勒藏起来，让一个从来没被人怀疑过与国王有过婚姻关系的情妇站在前面？

这些问题让格兰特非常愉快地消磨了晚餐前的时间。 这时门房走进来，交给他一张字条。

"大厅里的人说，这是您那位年轻的美国朋友留给您的。"门房说着，把一张对折的纸条递给格兰特。

"谢谢。"格兰特说，"理查三世的事，你知道多少？"

"有奖吗？"

"什么奖?"

"有奖问答啊。"

"没有,这只是我个人好奇心在作祟。 理查三世的事,你知道多少?"

"他是第一个杀人惯犯。"

"惯犯? 我以为他只杀了两个侄子。"

"哦,哦,不是的。 虽然我对历史了解不多,但我知道这个。 他杀死了他的哥哥、他的表亲、伦敦塔里可怜的老国王,最后是两个侄子。 根本停不下来。"

格兰特沉思半晌。

"如果我跟你说,他一个人都没杀过,你会怎么想?"

"我会说,您有权利这么想。 有人相信地球是平的,有人相信世界会在公元两千年毁灭,还有人相信地球的年龄不到五千年。 在海德公园门口的星期天早上,你能听到比那更有趣的事。"

"这么说,这个说法根本不能引起你丝毫兴趣?"

"感兴趣啊,但不是您说的那种'合情合理',这话是这么讲的吧? 不过,可别让我的感觉影响到您啊。 您可以选个更好的场合试试。 挑个星期天到海德公园去吧,我打赌您会吸引一大批信徒的,也许还能引发一场思潮呢。"

他快活地举起右手行了半个礼,哼着小调走开了,无忧无虑,心平气和。

救救我吧,格兰特想,我不想再离谱下去了,如果再往深处想,最后我会站在海德公园的肥皂箱子上演讲的。

格兰特展开卡拉丁的字条，读道："您说您想知道其他王位继承人是否和那两个男孩一样，比理查活得更久。 我忘了跟您说，您是不是给我列一个名单，我再去找。 我觉得这很重要。"

好吧，哪怕整个世界都在哼着小调、轻松活泼、无忧无虑，起码这个年轻的美国人还是站在他这边的。

格兰特将圣人摩尔推到一边，也丢开了那些周末小报一样歇斯底里的场景和疯狂的指控。 他拿起那本严肃的学生历史课本，也许他可以借助这本书找出谁是理查在登上王位过程中可能遇到的对手。

就在放下摩尔—莫顿名字的时候，格兰特忽然想到了什么。

摩尔笔下的在伦敦塔议会上演的那场歇斯底里的一幕，即理查突然疯狂爆发，指控有人用巫术让他的手臂萎缩，其指控对象就是简·肖。

就算对最无所谓的读者来说，这一幕都是荒诞不经、令人反胃的。 这和理查那封有关简·肖的信件中所表现出的善良宽容和随意的口吻形成了鲜明对比，反差之大令人大跌眼镜。

救救我吧，格兰特再次想到。 假如让我必须在写出这个故事的人和写出那封信的人之间选一个，我会选写信的人，不管他们都做了什么其他的事。

因为想到莫顿，格兰特暂时忘记了列出约克家族继承人名单的事，直到他发现了约翰·莫顿出人头地的过程。 事情据说是，莫顿利用自己在白金汉做客之便组织了一支联合了伍德维尔和兰开斯特的队伍（亨利·都铎会从法国和多塞特带来战船和军队，伍德维尔的其余人马会带上他们能拉拢到的所有英格兰内部持不同政见的人们）。 后来莫顿逃到了伊利这块他早先发迹的地区，再从那里出发前往欧洲大陆。 他再也没有回来过，直到亨利赢得了博斯沃思战役的胜利和王冠。这时的莫顿才算熬出头了，启程前往坎特伯雷，戴上了红衣主教的帽子，获得"莫顿之叉"的不朽名号。这几乎是所有英国学童所熟知的关于他的主人亨利七世的唯一事迹。

格兰特把这个夜晚的剩余时间都用在了翻阅历史课本、搜寻王位继承人名单上，心情相当愉快。

这个家族不缺子嗣。爱德华有五个子女，乔治有一个儿子和一个女儿。即使这些都不计算在内，比如前者被认定为私生子而后者已经被剥夺了继承权，那么还存在另一种可能：理查姐姐伊丽莎白的儿子。伊丽莎白是萨福克女公爵，她的儿子是约翰·德·拉·珀尔，即林肯伯爵。

令格兰特感到意外的是，这个家族原来还有一个男孩。由此可见，在米德尔海姆的那个纤瘦的孩子并不是理查唯一的儿子。还有一个名叫约翰的男孩深受他的宠爱。格洛斯特的约翰。他在继承权上并不被看好，但其身份受到认可并与家族生活在一起。这是一个斜条纹①被人们欣然接受的年代。事实上，诺曼征服让这事摇身一变成了时尚。也许是出于补偿心理吧，那以后的征服者都将其作为宣传手段。

格兰特为自己写下一份小小的备忘。

爱德华 伊丽莎白 乔治 理查
约翰·德·拉·珀尔，林肯伯爵
格洛斯特的约翰

---

① 庶支的纹章以斜条纹为标志，斜条纹从右上方到左下方呈对角线斜穿过纹章。

爱德华，沃维克伯爵

玛格丽特，索尔兹伯里女伯爵

爱德华，威尔士王子

理查，约克公爵

伊丽莎白·塞西莉

安妮

卡瑟琳

布丽奇特

    格兰特又抄了一份给卡拉丁。抄写的同时他还在纳闷，怎么会有人，尤其是理查，会产生这样的想法：除掉爱德华的两个孩子就能高枕无忧了。用小卡拉丁的话说就是"王储多如牛毛"，到处都是眼中钉。

    格兰特第一次认识到谋杀两个王储不仅没用，而且极为愚蠢。

    如果说哪一个特点是格洛斯特的理查绝不会有的，那必然是愚蠢。

    格兰特去拿奥利芬特的著作，看他对这个明显的破绽作何解释。

    "奇怪的是，"奥利芬特写道，"对于王储的死，理查没有任何说法公诸于世。"

    这不仅是奇怪可以形容的，简直可以称为不可理喻。

    如果理查真想谋杀他哥哥的儿子，他肯定会采取更专业的手法。两个孩子可能会因为高烧而死，他们的遗体会遵循皇室丧礼的惯例供人们瞻仰，以此让大家都知道他们已经离世了。

    没人能断定一个人绝不会犯罪。长年的工作经验让格兰特早早就领会到这一真谛。 但是，在某种程度上，确实可以断定一个人不会做蠢事。

然而奥利芬特对这起谋杀没有丝毫怀疑。 理查在奥利芬特眼中等同于"怪物理查"。 也许，当一位历史学家的研究领域跨越中世纪和文艺复兴时，他可能无暇钻研细节。 哪怕他在中途偶有停顿，觉得这里或那里有些古怪，终究还是接受了圣人摩尔的说法。 他没有意识到这些古怪之处已经撼动了他理论的根基。

既然拿着奥利芬特，格兰特索性继续读了下去。 加冕典礼过后是贯穿英格兰的胜利进程。 牛津，格洛斯特，伍斯特，沃维克。 一路上没有任何反对声音的记录，只有人们异口同声的祝福与感恩，那种有生之年终于遇到开明盛世的喜悦之情。 由此可见，爱德华的猝死并没有引起党派之争，一个新的政权就这样越过他的儿子诞生了。

但是，根据奥利芬特所参考的圣人摩尔的说法，就在这凯旋路上，在举国上下的一致欢呼里，在普天同庆的旋律中，理查派泰瑞尔回到伦敦，除掉了正在伦敦塔里读书的两位王储。 时间在七月七日至七月十五日之间。 沃维克。 在他的安全感达到顶峰的这个夏天，在威尔士边境、领地约克郡的中心，他计划并干掉了两个名誉扫地的小男孩。

这个故事太不合理了。

格兰特开始怀疑是不是历史学家和他遇到过的那些大人物一样缺乏常识，轻信于人。

如果泰瑞尔在一四八五年犯下了这桩罪行，为什么直到二十年后书上才有文字记载？ 他必须尽快搞清楚这件事：这期间泰瑞尔跑到哪里去了？

理查的这个盛夏宛若四月天，满怀希望却又一一落空。 秋天来临之际，

没人能断定
一个人绝不会犯罪

但是
在某种程度上
确实可以断定
一个人不会做蠢事

他不得不面对伍德维尔和兰开斯特联军的入侵，这支军队正是莫顿逃离前亲手炮制的。兰开斯特的表现足以令莫顿感到骄傲：他们带来了一支法国舰队和一支法国军队。伍德维尔方面带来的只是几股分散在各地的散兵游勇，如吉尔福德、索尔兹伯里、梅德斯通、纽伯里、埃克塞特和布雷肯。英格兰人不想要亨利·都铎，他们太清楚他的为人了，就连英格兰的天气也不待见他们。多塞特想让他同母异父的妹妹、英格兰的王后伊丽莎白成为亨利·都铎之妻的希望被塞文河的一场洪水给冲走了。亨利试图从西边登陆，却被来自德文郡和康沃尔郡人的愤怒逼退。亨利只有返回法国，等待更好的机会。多塞特也加入了聚集在法国宫廷周围的、人数越来越多的伍德维尔家的逃亡大军。

莫顿的计划就这样被秋天的雨水和英格兰人的冷漠化解了，让理查得以轻松半日。可就在第二年春天，一场任何东西都无法化解的巨大悲痛降临了——理查的儿子死了。

"据说，国王表现出近乎绝望的悲痛。至少作为一位父亲的他还是有感情，不是无情无义的怪物。"历史学家如是说。

看起来，作为一个丈夫的他也不是怪物。不到一年以后，同样悲痛的记载再次出现了，这回是因为安妮的去世。

那以后，除了坐等随时可能卷土重来的军队入侵、维持英格兰的战备状态和持续为国库的空虚而殚精竭虑以外，理查再无其他可想。他尽力了。在他的治下有一个堪称典范的国会。他至少和苏格兰议和，促成了他的侄女与詹姆斯三世儿子的联姻。他曾努力与法国握手言和，不过还是失败了。法国宫廷里有亨利·都铎，法国人以他为傲。亨利再次登陆英格兰只是时间问题，而下一次他会有备而来。

　　格兰特忽然想起了斯坦利女士，亨利那热情洋溢的兰开斯特派的母亲。在理查登基那年夏天和随后秋天发起的攻势中，她扮演了什么角色？

　　格兰特在密密麻麻的铅字中搜索着，直到找到了他想要的答案。

　　斯坦利女士被控与她的儿子勾结叛国。

　　然而，事实再一次证明，宽容的理查似乎又把自己给害了。斯坦利女士的财产被充公，后来又转给了她的丈夫。为了更为妥善的看管，斯坦利女士本人也被交给了她的丈夫。这件事的黑色幽默在于，斯坦利本人对那场入侵的了解程度不比他的夫人少。

　　千真万确，这个怪物并没有表现得像个怪物。

　　就在格兰特半睡半醒之际，一个声音在他脑海中响起："如果两个男孩是在七月被杀，而伍德维尔和兰开斯特的入侵在十月，为什么联军不借孩子们的死来激起公愤？"

　　当然，入侵行动可能早在有关"谋杀"的争议出现之前就已经开始谋划了。一次动用了十五艘战舰和五千佣兵的大规模军事行动必然需要很长的准备时间。可是在行动发起之前，任何不利于理查的流言蜚语一定会被大肆宣扬。既然如此，为什么他们没有在英格兰把理查的罪行昭告天下，好利用这则恐怖消息为他们拉拢人心？

讽刺

到底是谁杀了两个男孩?

"冷静，冷静。"第二天早上醒来时格兰特对自己说，"你开始有偏见了，这种态度可不利于搞调查。"

于是，在道德规范的指引下，他扮起了检察官的角色。

假设巴特勒的故事是编造出来的，是一个在斯丁顿的帮助下捏造出来的故事。假设贵族和下议院乐于见到一个稳定的政权，而选择对此事睁一只眼闭一只眼。

会有人因此萌生谋杀两个男孩的想法吗？

不会的，不是吗？

如果这个故事是假的，要被除掉的人就是斯丁顿。艾莉诺女士早就死在修道院里了，她不可能突发奇想去拿《王权法案》大做文章。而斯丁顿显然没有面临任何生存问题，他比被他推上王位的人活得还长。

会议中途突然出现不和谐的音符，为加冕仪式而做的准备工作戛然而止——如果斯丁顿的坦白对象是那些没有准备的人们，那么这件事或许是精心策划的剧本，又或许只是意料中事。当巴特勒的婚姻协议被签署和见证时，理查才多大？十一岁？十二岁？他不太可能知道其中的门道。

如果斯丁顿的故事是为了帮助理查而编造出来的，理查理应回报他。可是没有迹象表明斯丁顿曾被赐予红衣主教的地位。他没有得到任何特别的恩典或者因此谋得一官半职。

证明巴特勒的故事属实的最确切的证据是亨利七世急于毁掉它的迫切心情。如果这个故事是编出来的，亨利只需让此事大白于天下，让斯丁顿公开承认自己说了谎，就能达到诋毁理查的目的。然而，亨利却在极力掩盖此事。

想到这里，格兰特意识到自己又开始为被告辩护了。他感到一阵反感，决定就此放弃。他要去读拉维尼娅·菲奇，或者鲁伯特·罗赫，再或者随便哪个被他随手丢在床头的时髦作家的作品。他要忘记理查的金雀花王朝，直到小卡拉丁再次出现并带来新的调查结果。

格兰特把他勾勒出的塞西莉·内维尔孙子辈的族谱草图塞进信封，写上卡拉丁的地址，交给短粗胖安排投递。然后他把靠在书堆上的画像放倒，避免被那张威廉姆斯警官毫不犹豫地认为应该出现在法官席上的面孔吸引。最后，他伸手去拿西拉斯·威克利的《汗与犁》。他从西拉斯的艰苦奋斗看到拉维尼娅的杯盏人生，又从拉维尼娅的杯盏人生看到鲁伯特笔下欢悦的场面，越看越感到失望，直到布兰特·卡拉丁再次出现在他面前。

卡拉丁有点不安地问道："您的气色看起来没有上次见您的时候好。格兰特先生，您不舒服吗？"

"我挺好的，就是一想到跟理查有关的东西就不舒服，"格兰特说，"不过我又给你找了一个汤尼潘帝的例子。"

格兰特把劳拉的信递给他，信里讲的是那两个相传被淹死却从未被淹死的女人的故事。

卡拉丁读信的时候，脸上浮现出一种拨云见日般的愉悦感。

"我的天，这真是太棒了。真是非常了不起的、第一手的、彻头彻尾的汤尼潘帝。难道不是吗？有意思。有意思。您以前不知道这事？而您是苏格兰人。"

"我算不上地道的苏格兰人，"格兰特说，"是啊，我不知道这事。当然了，我知道没有长老教会的护教者是'为信仰而死'的，但我不知道还会有一个或者说两个人根本就没死。"

"不是为信仰而死？"卡拉丁困惑地又念叨了一遍，"您的意思是，护教者的事迹都是汤尼潘帝？"

格兰特笑了。"我想是的，"他这样说时自己都感到有些惊讶，"以前我从未想过这点。我早就知道'殉道者'之死和那个因为杀死艾塞克斯某个老店主而被处死的恶棍的自取灭亡没什么两样，因此我没太留意这种事。在苏格兰，除了刑事案件，没有人被处死。"

"可我还以为那些长老会的护教者都是很神圣的人呢。"

"你看过十九世纪秘密教会集会的绘画吧。一小群虔诚的信徒聚集在石南丛中聆听传道。那些人里有全神贯注的年轻面孔，还有银发飞扬的长者。苏格兰长老教会的护教者相当于爱尔兰的共和军。一小撮极端分子，一群嗜血的、有辱基督教尊严的人。要是你在某个礼拜日去了教堂却没参加秘密集会，周一起床时你会发现家里的谷仓被烧掉或者马匹被弄残。要是你更公开地表达自己的反对意见，你便会死在枪口下。那些在光天化日之下的菲福大街上、在死者的女儿面前射杀沙普大主教的人们被当作英雄来崇拜。'我主热诚的勇士。'崇拜他们的人这样说。其实长老教会的护教们生活在西部那些信徒中间，又安逸又威风。一个所谓的'福音传教士'在爱丁堡的大街上射杀了哈尼曼主教，把卡斯法恩的老传教士射杀在家门口的也是这伙人。"

"听起来很爱尔兰，不是吗？"卡拉丁说。

"他们比爱尔兰共和军还糟，因为他们还带着第五纵队的色彩。荷兰为他们提供经费，还有武器。你知道，他们的行动并不是单打独斗。他们希望有朝一日推翻苏格兰政府取而代之。他们的传道纯属煽动叛乱的演说，是你能想象到的最暴力的教唆犯罪的言辞。没有哪个现代政府能像当时的政府一样包容这样的恶意。护教者总能得到特赦。"

"哦，哦，我还一直以为他们是在用自己的方式信奉上帝，为自由而战。"

"他们可以用他们的方式信奉上帝，没人拦着他们。信不信由你，他们不只想把他们那套教会治国的方式用在苏格兰，还想推广到英格兰。你应该找时间看看他们的教义。根据其中的条例，礼拜的自由是不被允许的——当然，长老教会的礼拜方式例外。"

"那么，游客去看的那些墓碑和纪念碑……"

"全都是汤尼潘帝。如果你读到某座墓碑上写着约翰·胡塞特'因遵主之圣言和苏格兰的宗教改革而死'，下面还附一段感人的文字是关于'死于暴政'的，你可以肯定这位约翰·胡塞特是经过法庭的正当审判被判死罪的，而他的死也是因为犯了足以构成死刑的罪行，和主的圣言一点关系都没有。"格兰特低声笑了笑，说，"你知道吗，终极的讽刺是：这个当时被苏格兰其他地方唾弃的群体，却被提升到了圣人和殉教者的地位。"

"如果那不是谐音，我也不会感到奇怪。"卡拉丁若有所思地说。

"什么？"

"就像猫和老鼠啊，您知道的。"

"你在说什么？"

"您还记得吗，您提到过的那首有关猫和老鼠的讽刺诗、打油诗，正是它的谐音让它听上去像人身攻击。"

"没错，听上去很恶毒。"

猫啊，鼠啊，
亲爱的狗，

统治英格兰的
是头猪。

"那么'龙骑兵①'这个词也是如此。 我想,龙骑兵指的是当时的警察。"

"是的,骑马的兵。"

"在我看,任何人都会觉得'龙骑兵'这个词听起来很可怕。 他们被赋予了本身没有的意义。"

"是的,我明白。 听上去霸道得很。 其实政府只派了一小拨人来管辖这片广袤的地区,而长老教会那一边状况层出不穷。 这里头包含了很多意思。 一名龙骑兵(也就是警察)没有拘票就不能逮捕任何人(在特定的情况下,如果没得到主人的允许,他甚至不能把马牵到马厩里),然而却没有任何东西可以阻止一名护教者舒舒服服地躺在石南花丛里,闲来无事便朝着骑兵们开上一枪。 当然了,他们真的那么做了。 可是现在却有一堆文学作品描写那些拿着枪躲在石南花丛中遭到虐待的圣人,而在履行职责过程中死去的骑兵却成了怪物。"

"就像理查。"

"就像理查。 对于我们自己手头的这个汤尼潘帝,你进展如何?"

"哦,我仍然没弄明白亨利为什么急着废止法案并使其彻底消失。 法案确实消失了,多年来一直被世人遗忘,直到有人在伦敦塔的档案中找到了它的草案。 法案在一六一一年被印刷出来,斯皮德在他的《大不列颠史》②中

---

① 原文为"dragoon",发音和"龙(dragon)"相似,在西方文化中龙是邪恶的象征。

② 约翰·斯皮德(John Speed,约 1551~1629 年):史学家,于 1611 年出版《大不列颠史》(*Historie of Great Britaine*)。

引用了该法案的全文。"

"这么说《王权法案》的存在是毋庸置疑的了。 理查依照法案继承了王位,圣人摩尔完全是在胡说八道,而且这件事从来就跟伊丽莎白·露西没有关系。"

"露西? 谁是伊丽莎白·露西?"

"哦,我忘了。 提起那件事的时候你不在。 根据圣人摩尔的说法,理查宣称爱德华和他的一个情妇结婚了,一个叫伊丽莎白·露西的女士。"

每当提起圣人摩尔,小卡拉丁的脸上就会浮现晕船似的恶心表情。

"无稽之谈。"

"圣人摩尔提到这事时可是相当得意的。"

"他们为什么要把艾莉诺·巴特勒藏起来?"卡拉丁抓住了关键点。

"因为她和爱德华确有婚姻之实,孩子们真的是私生子。 顺便提一下,如果这些孩子真的不合法,就没人会为他们争取权益,他们对理查就没有威胁。 你有没有发现,伍德维尔和兰开斯特的联军是为亨利而战,而不是为那两个孩子,尽管多塞特论辈分是孩子们同母异父的兄弟。 而且,这一切发生在孩子们离开人世的谣言得以传到他们耳朵里之前。 多塞特和莫顿叛军的领军人物也没把两个孩子当回事。 他们支持的是亨利。 假如亨利登基,多塞特会有一个坐在英格兰王位上的妹夫,而王后则是他同母异父的妹妹。 对于一个身无分文的逃亡者来说,这可真是一次漂亮的鲤鱼跳龙门啊。"

"对啊,重点就在这儿。 所以这就是多塞特没有为他同母异父的兄弟们争权夺位的原因了。 但凡当时男孩们的继承权有一丝被英格兰承认的机会,多塞特都会毫无疑问地支持他们。 我还有一个有趣的发现要告诉您。 王后和几个女儿很快就摆脱了逃难的处境。 在您提起她的儿子多塞特时,我想起了她们。 王后不仅不再逃亡了,而且还像什么事都没发生过一样安顿下来。 几个女儿还去参加宫廷宴会。 您知道交换条件是什么吗?"

"不知道。"

"这些发生在王储们被'谋杀'之后。 是的。 我再告诉您一件事,就在自己的两个儿子被他们邪恶的叔叔杀害之后,王后还写信劝她的另一个儿子——正在法国的多塞特回国并和理查好好相处,还说理查会优待他。"

一阵沉默。

今天没有喧闹的麻雀,只有雨水敲打窗台的轻柔响声。

"我不予置评。"卡拉丁终于开口了。

"你知道,"格兰特说,"用警察的标准看,理查这件事不足以立案。 我是指真正意义上的立案。 并不是说这案子不够级别搬上法庭,而是真正意义上的不足以立案:这指控对理查来说根本站不住脚。"

"我也这么认为。 特别是当理查战死在博斯沃思的时候,您给我的名单上的每个人都活得好好的,而且过得非常滋润。 他们不仅自由,还被照看得很好。 爱德华的孩子们不仅可以参加宫廷舞会,还享受年金待遇。 在亲生儿子死后,理查还从这些孩子中挑了一个当继承人。"

"哪一个?"

"乔治的孩子。"

"这么说,他想恢复他侄子的权利?"

"是的,他曾经反对过剥夺那孩子的权利,如果您还记得的话。"

"即便是圣人摩尔也提到他做过这样的事。 这么看来,在怪物理查三世统治英格兰的那些年，所有可能继承王位的人都在忙自己的事，活得自由自在、无拘无束。"

"不止。他们都是整个系统运行的一部分。我是指整个家族以及国家运行的一部分。我看过一个叫戴维斯的人写的关于约克的记录。我是说约克镇的记录，不是约克家族的。乔治的两个儿子小沃维克们，和他年轻的林肯表弟都被任命为议会的议员。镇上给他们写过一封信。那是在一四八五年。不仅如此，在约克的一次重要场合上，理查在册封自己儿子为骑士的同时也册封了小沃维克。"卡拉丁停顿了好久，突然说："格兰特先生，您想把这件事写成一本书吗？"

"一本书！"格兰特吓了一跳，"但愿不会。为什么这样说？"

"因为我想写一本，这可比写农民起义有意思多了。"

"写吧。"

"您知道的，我必须做出点成绩来给我父亲看看。我父亲总觉得我不行，因为我对家具生意、市场推广和销售图表不感兴趣。如果能真的拿到一本我写的书，他也许会相信我还算不上无可救药。实际上，我觉得他还会改变态度，吹嘘说我是他的骄傲呢。"

格兰特看着他，目光里满是怜爱。

"你对克罗斯比官有什么看法？我忘了问你了。"格兰特说。

"哦，很好，很好。要是卡拉丁三世能亲眼看到，他一定会把它搬回来，在阿迪朗达克山的什么地方重建一座。"

"如果你把那本关于理查的书写出来，他肯定会那么做的。他会觉得自己是那座房子的半个主人。你准备叫它什么？"

"那本书?"

"是的。"

"我准备借用亨利·福特的一句话:历史多妄言。"①

"妙极。"

"不过,在动笔之前,我还得多读一些东西,多做一些研究。"

"那是一定的,你还没触碰到问题的核心呢。"

"什么问题?"

"到底是谁杀了两个男孩。"

"对,当然。"

"如果亨利接管伦敦塔时他们还活着,那么后来他们身上发生了什么事?"

"好的,我会去查清这件事。我还想知道为什么销毁《王权法案》的内容对亨利来说会如此重要。"

卡拉丁正准备起身离开,忽然注意到那张画像被面朝下扣在了桌子上。他把它拿起来,放回原来的位置,还小心地将它靠在书堆上。

"您先在这待一会儿,"他对画像中的理查说,"我会让您归位的。"

就在他正要出门时,格兰特说:"我刚想到一段不是汤尼潘帝的历史事件。"

"哦?"卡拉丁停下脚步。

---

① 美国福特汽车的建立者亨利·福特曾经说过:"历史或多或少就是胡说。唯一值得一个修补匠肯定的历史就是我们今天所创造的历史。"

"格伦科大屠杀。"

"它真的发生过?"

"真的发生过。 还有——布兰特!"

布兰特从门外把头探进来。

"怎么了?"

"下屠杀令的正是一个激进的护教者。"

戏 文

根本没有什么悲剧?

卡拉丁走后不到二十分钟，马塔就出现了。 她带着满满的鲜花、书本、糖果和问候。 她发现格兰特正沉浸在古特贝·奥利芬特爵士笔下的十五世纪里。 格兰特漫不经心的招呼让马塔很不习惯。

"如果你的两个儿子被你的小叔谋杀了，他要给你一笔慷慨的年金，你会接受吗？"

"这也太夸张了，只是个问题而已。"马塔说。 她把带来的花放下，环顾四周，想看看哪个花瓶更适合它们。

"说真的，我看那些历史学家都疯了。 你来听听这个——"

王后朵薇格的行为令人无法理解。也许是害怕被强制赶出庇护所，也许只是厌倦了在威斯敏斯特的孤独生活，她决定和谋杀自己儿子的凶手达成和解。这是无情还是冷漠？我们不得而知。

"我的天啊！"马塔看着他说道。 她一手拿着一个代夫特罐子，一手拿着一个玻璃圆瓶，开始了大胆的猜测。

"你说，这些历史学家真的知道他们都写了些什么东西吗？"

"你说的王后朵薇格是谁？"

"伊丽莎白·伍德维尔。 爱德华四世的妻子。"

"哦，对。 我演过她。 那是个小角色，在'拥王者沃维克'那场戏里。"

"当然，我只是个警察而已，"格兰特说，"也许我混的圈子就不对，也许我平时见的都是好人。 究竟在哪儿能找到那种可以对谋杀亲生儿子的凶手

历史学家真的知道他们写了什么吗

无情无义的戏文

正儿八经的历史

不计前嫌的女人呢?"

"希腊吧,我想,"马塔说,"古希腊。"

"哪怕在那个年代,我也不记得有这种先例。"

"或者精神病院吧,有可能。伊丽莎白·伍德维尔有痴傻的迹象吗?"

"没听说过,而且她还当了二十多年王后呢。"

"显然这事只是一出闹剧,我希望你能看到这一点,"马塔一边说一边继续打理她手中的花束,"根本没有什么悲剧。'是的,我知道他杀死了小爱德华和小理查,但是他确实是个迷人的家伙,而且住在阴面的房子里对我的风湿病不利。'"

格兰特笑了,心情也跟着好起来。

"没错,这当然荒唐到了极点。这是无情无义的戏文,不可能是正儿八经的历史。这也是那些历史学家让我吃惊的原因。对于一件事情有没有发生的可能性,他们似乎缺乏判断力。他们看待历史的方式就像看幻灯片,眼中只有平板的角色在背景布前晃荡。"

"也许当你沉浸在那些乌七八糟的历史资料里时,就没有时间去研究人了。我指的不是历史书里的人物,而是真正的、有血有肉的人,以及他们在特定环境中会有什么反应。"

"你会怎么演她?"格兰特问。他想起分析人的动机是马塔的特长。

"演谁?"

"一个为了一年领取七百马克年金,为了参加宫廷宴会而停止逃亡,和谋杀她儿子的凶手交朋友的女人。"

"我演不出来。只有欧里庇得斯的悲剧和教管所里才有这样的女人。你只能把她当成丑角来演。 这样想的话,我倒觉得她这个人物很适合出现在讽刺剧里。 恶搞一下悲剧史诗,那种无韵诗。 有时间我一定要试试,在慈善会上,或是其他场合里演。 但愿你不讨厌含羞草。 真奇怪啊,想来我认识你这么久了,你喜欢什么和不喜欢什么,我却知道得这么少。 是谁把那个和杀她儿子的凶手交朋友的女人的形象给编出来的?"

"不是编的。 伊丽莎白·伍德维尔确实离开了庇护所,也确实接受了理查赐予的年金。 那笔钱可不是空头支票,而是实实在在地付给她了。 她的女儿们去参加宫廷宴会。 她还写信给第一次婚姻生的儿子,让他从法国回来,跟理查握手言和。 奥利芬特对这些举动的唯一解释是:她要么是因为害怕被人从庇护所里强行带走,要么是因为厌倦了避难的生活。 可是,你听说过有谁被人从庇护所强行带走过吗? 任何胆敢这样做的人都会被逐出教会,而理查可是最听教会话的孩子。"

"那么,你是怎么看待这件怪事的?"

"最明显的解释是,两个男孩都活得很好。 当时没有任何人对此持有不同意见。"

马塔在考虑如何插含羞草的枝子。"是啊,当然了。 你说过判决书里没有这方面的指控。 我是说在理查死后。"她的目光从含羞草移到桌面上的画像上,然后又移到格兰特身上,"你觉得呢,我是说,你作为一名警察,当真认为理查和男孩们的死没有一点儿关系吗?"

"我非常肯定当亨利抵达伦敦并接管伦敦塔时两个男孩仍旧活着。 如果他们失踪了,无法解释亨利为什么要拖那么久才拿这件事做文章。 你有办法给出合理解释吗?"

"不能。不，当然解释不了。这太离谱了。我一直理所当然地把它当成一件天大的丑闻。它应该是针对理查的最主要的指控之一。看来你和我那小羊羔研究历史研究得挺开心的。当初我建议你做点调查以便忘掉疼痛时，可没想到自己会对重塑历史做出贡献。说到这个，我想起一个人。阿特兰塔·谢尔戈德要崩了你。"

"崩了我？我还从来没见过她呢。"

"可是她正带着枪到处找你呢。她说现在布兰特对大英博物馆的沉迷程度不亚于毒瘾，她甚至无法把他从博物馆里拖出去。就算他的身体离开了那个地方，脑子却还在想着那些事。阿特兰塔在他心中已经地位全无了。布兰特甚至不能坚持坐在那里看完整出《乘风破浪》。你经常见他吗？"

"你来这儿几分钟前他还在呢。不过，我想未来几天不会再有他的消息。"

但这一次他猜错了。

就在晚饭前不久，门房出现了，带着一份电报。

格兰特把拇指伸进邮局那优雅的自粘信封的封口下，拆开它，抽出了两张电报。是布兰特发来的。

　　该死混账可怕的事情发生了
　　您知道我说过的那份拉丁文编年史
　　克罗兰的修士写的编年史
　　上面写着谣言我刚看到它
　　有关男孩死亡的谣言

> 它写于理查生前
> 所以我们完了不是吗
> 特别是我我完了那本好书再也写不出来了
> 我可不可以在你们的河里自杀
> 还是说你们的河只有英国人可以用
>
> 布兰特

门房的说话声打破了寂静:"这是回函,先生。 您要回信儿吗?"

"什么? 哦,不用。 现在不用。 晚点儿我会送到楼下的。"

"太好了,先生。"门房说着,充满敬意地看着那两张电报。 在这位门房的家里,电报只能写一张纸。这次他离开时没有哼歌。

格兰特想,这样奢侈地发电报正是大西洋对岸的风格。 他将电报又读了一遍。

"克罗兰。"他一边念道,一边思考。 为什么听起来这么耳熟? 在这个案子里,之前并没人提起过克罗兰。 卡拉丁只说起过在某个地方有一部修道院编纂的历史。

一个事实的出现似乎推翻了之前所有的论证。 在格兰特的职业生涯中已经不是第一次遇到这种情况了,这还不足以令他感到沮丧。 格兰特用面对调查的平常心看待这件事。 他把这个令人心烦的小插曲单拎出来仔细审视,冷静而公正,完全没有可怜的卡拉丁所表现出的那种疯了似的沮丧。

"克罗兰。"他又念了一遍。 克罗兰在剑桥郡的某个地方。 或者是在诺福克? 在苏格兰边境的某处,在那片平原上。

短粗胖把他的晚餐送来了。 她把一个像碗一样的深盘放在格兰特面前，让他可以舒舒服服地吃饭。 然而格兰特并没注意到她。

"我放在这里了，您能够到布丁吗？"短粗胖问。 他没回答，她又问了一遍，"格兰特先生，如果我把盘子放在这儿，您能够到布丁吗？"

"伊利！"格兰特朝她大喊了一声。

"什么？"

"伊利。"格兰特轻轻地对天花板说。

"格兰特先生，您是哪里不舒服吗？"

格兰特回过神来，发现短粗胖那张精心擦过粉的忧心忡忡的小脸正横在他和他熟悉的天花板的裂缝之间。

"我很好，很好，这辈子从来没这么好过。 等一下，你真是个好姑娘，帮我发份电报吧。 把我的本子递给我。 有个大米做的布丁挡着我了，我够不到它。"

短粗胖把纸和铅笔递给他。 格兰特用回函纸写道：

你能找到法国同一时期的类似谣言吗？

格兰特

随后他胃口极好地吃掉了晚餐，准备安心睡个好觉。 正在他惬意地游离在无意识的边缘时，突然感觉有人正在俯身看着他。 他睁开眼想看看是谁，结果正好迎上亚马逊那双忧郁的褐色眼珠。 它们在柔和的灯光下显得比平时更大，更像牛眼。 她的手里拿着一个黄色的信封。

"我不知道该怎么办，"她说，"我本来不想打扰您，可我不知道它是不是非常重要。 电报，您知道的。 电报里的事情谁也说不好。 要是您今晚不看，那就等于要耽误十二个小时。 英厄姆护士已经下班了，布里格斯护士明天十点才来接班。 所以我找不到人商量。 希望我没吵醒您。 您不是真的睡着了吧，是吗？"

格兰特向她保证她的决定是正确的。 她大大地松了口气，差点吹倒了理查的画像。 格兰特读电报时亚马逊就站在一边，好像时刻准备着在他读到坏消息时及时地支持他。 在亚马逊看来，所有电报都是带来坏消息的。

电报是卡拉丁发来的。

电文内容是："您的意思是应该还有其他类似指控？ ——布兰特。"

格兰特拿起回函纸，写道："是的。 尤其在法国。"

然后他对亚马逊说："我想，你可以关灯了。 我想睡到明早七点。"

格兰特睡着了。 心想不知要多久才能再见到卡拉丁，以及发现第二个谣言的可能性到底有多大。

没过多久卡拉丁就出现了，而且他看上去丝毫没有要寻死觅活的样子。 事实上，令人意外的是，他还显得更大气了一点。 外套也不那么像附属品了，而更像一件衣服。 他盯着格兰特，眼睛闪闪发光。

"格兰特先生，您真是太神奇了。 在苏格兰场还有像您这样的人吗？ 还是说您只是一个特例？"

格兰特看向他的眼神带着点难以置信："别告诉我你找到法国的例子了！"

"难道您不希望我找到吗？"

"希望啊。但我几乎没抱什么希望。找到的概率太小了。法国的谣言是什么样的?是编年史还是信件?"

"都不是,是更令人惊讶的东西。其实应该说是更令人灰心的东西。这事好像是法国首相在图尔的一次国会演讲上提到的。他口才挺不错的。从某种程度上讲,倒是他的好口才让我得到了一些安慰。"

"为什么这样说?"

"嗯,对我来说,这更像一个参议员在把某项自己家乡行不通的措施推销给别人时所做的仓促辩护。这事儿与其说是陈述事实,不如说是政治策略。您知道我的意思吧。"

"你应该来苏格兰场,布兰特。首相都说了些什么?"

"哦,原文是法文。我的法文不太好,所以您还是自己看比较好。"

他递来一张纸,上面写满了孩子气的笔迹。格兰特读道:

各位请看,自从君主爱德华逝世之后,这个国家已陷入混乱。他的孩子已经长大成人,其勇敢不亚于他的父亲。有人假借民意将其杀害。而王位则落入凶犯手中。

"'这个国家',"格兰特说,"然后他就持续不断地抵制英格兰。他甚至还暗示两个男孩的被害是在全体英格兰人民的授意下发生的。我们被描述成野蛮的民族。"

"是啊,我也是这个意思。全是议员为了证明论点的说辞。事实上,大约就在同一年的六月以后,法国的摄政王曾经派使者觐见理查,所以他们可能意识到传闻并不是真的。 理查还为使者签署了一份安全条款。 如果法国人还骂他是杀人恶魔的话,理查不会那样做的。"

"当然不会了。 你能告诉我这两次诽谤发生的准确时间吗?"

"没问题,我现在就能告诉您。 克罗兰修士的记录发生在一四八三年夏末。 他说有传言称两个男孩已经被处死,但没人知道具体情况。 法国国会上的无理抨击则是在一四八四年一月。"

"完美。"格兰特说。

"为什么您会期待出现第二个谣言呢?"

"算是交叉校验吧。 知道克罗兰在什么地方吗?"

"知道。 在芬恩乡。"

"芬恩乡,离伊利不远。 芬恩乡也正是莫顿从白金汉公爵的监控之下逃脱后的藏身之所。"

"莫顿! 是啊,当然了。"

"假如莫顿是散布谣言的人,那么在他抵达欧洲大陆以后,那里势必会爆发同样的谣言。 莫顿是在一四八三年秋天从英格兰逃走的,然后谣言就立刻在一四八四年一月出现了。 碰巧克罗兰是一个很封闭的地方,非常适合一个逃亡的主教在安排好逃亡线路之前躲藏。"

"莫顿!"卡拉丁又喊了一遍,翻来覆去地念叨这个名字,"在这件事里,只要是有阴谋诡计的地方,总少不了他的影子。"

"看来你也发现这一点了。"

"理查当上国王之前,他是谋杀理查的主心骨。 理查当上国王以后,他在幕后支持反对理查的叛军。 在逃往欧洲时,他走过的路就像蜗牛蠕动的轨迹一样遍布着黏糊糊的印子，散发着破坏的气息。"

"不过，蜗牛那段只是推断，不够资格搬上法庭，但他在渡过海峡之后的活动毫无争议。他无时无刻不在搞颠覆活动。他和他的同伙克里斯托夫·厄斯维克像海狸一样为亨利的利益而勤奋工作。他们给英格兰发黑函，派遣身穿斗篷的信使，目的是激发人们对理查的敌意。"

"是吗？什么能搬上法庭而什么不能，这方面我不如您了解。但在我看来，他在欧洲的那段蠕动轨迹还挺合理的——如果您允许我这么说的话。我认为莫顿不会等到漂洋过海之后才开始搞破坏。"

"不，当然不是。能否推翻理查的统治对莫顿来说是生死攸关的问题。如果理查不下台，约翰·莫顿的事业就算走到了尽头。他完了。这甚至不是能不能得宠的问题。他会失去所有。他会失去富裕的生活，披上普通修士的袍子。他，约翰·莫顿，一个曾经距离大主教之职仅一步之遥的人。但是，如果能帮亨利·都铎登上王位，他不仅有当上坎特伯雷大主教的可能，甚至可以当上红衣主教。嗯，是的，对莫顿来说，不让理查继续统治英格兰具有极端的、无可辩驳的重要意义。"

"那么，"布兰特说，"他是搞颠覆工作的最佳人选了。我觉得他不是一个举棋不定的人，像'弑童犯'这样的小谣言对他来说不过是小把戏而已。"

"当然，也不排除他相信确有其事的可能。"格兰特说，反复斟酌证据是否可靠的习惯战胜了他对莫顿的厌恶之情。

"相信男孩们是被谋杀的？"

"是的，这也许是别人捏造出来的。毕竟这个国家肯定一度充斥着兰开斯特家的传闻，恶意中伤和宣传各占一半吧。莫顿也许只是扩散了最新的版本。"

"哈！我可不会让他有借口去为以后的谋杀铺路。"布兰特刻薄地说。

格兰特笑了。"这个嘛，我也不会，"他说，"你从克罗兰修士那里还弄到了什么？"

"还得到了一点安慰。在给您发了那通惊慌失措的电报之后，我发现他的言论并没有被奉作经典。他只是把从外界听来的小道消息记了下来。比如，他说理查在约克举办了第二次加冕典礼，那当然不是事实。连加冕典礼这种众所周知的事实都会搞错，那么他作为记录者的可信度自然不高。不过，顺便提一句，他确实知道《王权法案》，还记录了法案的大概内容，提到了那位艾莉诺女士。"

"挺有意思，就连生活在克罗兰的一个修士都听说过爱德华娶过谁。"

"是啊，圣人摩尔肯定没少花心思去编造伊丽莎白·露西的事。"

"更不用提那个难以启齿的故事了，说理查不惜以羞辱母亲为代价登上王位。"

"您说什么？"

"他说理查安排了一次讲话，说爱德华和乔治是他母亲和别的男人所生的孩子。所以，他理查才是唯一合法的儿子，也是唯一合法的王位继承人。"

"圣人摩尔应该得想一个更有说服力的说法。"卡拉丁冷冷地说。

"是的。尤其是他得考虑到理查说这些话时还住在他母亲家里呢。"

"是啊，我差点忘了，我没有当警察的头脑。您关于莫顿扩散谣言的推理很不错。可是，如果谣言也在其他地方出现过，这一切还能说得通吗？"

"当然有可能。但是我愿意以五十赔率赌谣言没有出现在其他地方。我从来不相信男孩失踪的谣言在全国范围内广为流传。"

"为什么不信?"

"对此我有一个无法反驳的理由。如果出现过任何全国性的不安,或者有任何明显的颠覆政权的传闻或举动,理查一定会立刻采取行动遏制它们。后来出现了他想娶他的侄女——两个男孩的姐姐伊丽莎白——的谣言,他立刻像鹰一样紧盯不放。他不仅致信各个城镇,用强硬的措辞否认这一谣言,还表现出了巨大的愤怒。他显然认为这件事对他的清誉损害甚大。他把全伦敦有头有脸的人物都叫到一起,聚在他能找到的最大的演说厅里,当面告诉他们他对这个传闻的看法。"

"是的,您当然是对的。如果那个谣言已经扩散到全国,理查肯定会公开反驳它。毕竟,这可是比娶亲侄女还要可怕的谣言啊。"

"没错。在那个年代,娶自己的侄女其实是可以被谅解的。也许现在也可以,我不太清楚。这不是我在苏格兰场的业务范围。可以确定的是,如果理查花了那么大力气去驳斥婚姻的谣言,他一定会花更多的精力去阻止谋杀的谣言,如果它存在的话。结论非常明确,那就是根本没有男孩失踪或被害的谣言在全国流传。"

"只不过是发生在芬恩和法国的小小骚动。"

"只不过是发生在芬恩和法国的小小骚动,从头到尾没有表现出任何对男孩们安危的担忧。我是说,警察在刑事调查的过程中会去寻找犯罪嫌疑人的异常行为。X先生通常会在周四看电影,为什么这天晚上他却决定不去了?Y先生像往常一样撕下便笺却一反常态地没有用它?如此种种。男孩们的母亲离开了庇护所,与理查和平相处。几个女孩回归了宫廷的社交生活,男孩们应该重拾了因父亲的去世而中断的学业。他们年轻的表兄们在枢密院占据了一席之地,而且其地位重要到约克镇会专门给他们致函。这是一片正常而平静的景象,每个人都在从事他们日常的活动,没有任何一处迹象表明这个家族不久前才发生过一场惊天动地且毫无必要的谋杀。"

"看来我还是能把这本书写出来,格兰特先生。"

"你当然要写。你不仅可以为理查洗清罪名,还可以为伊丽莎白·伍德维尔正名:她没有为七百马克的年金和微不足道的利益而原谅杀死她儿子们的凶手。"

"当然了,我不会写一本不知所云的书,至少要为两个男孩的结局给出一个解释。"

"你会的。"

卡拉丁温柔的眼神从泰晤士河上一朵小小的卷云上回到格兰特身上,带着询问的意味。

"您为什么用这样的语气?"他问,"就像一只得到了奶油的猫一样。"

"嗯,前几天,在等你出现的空闲时间里,我一直在用警察的方法思考。"

"警察的方法?"

"是的,谁是受益者——类似这种方法。我们已经发现男孩的死对理查来说一点用处都没有。所以我们再来查查看,谁会是受益者。这回该《王权法案》发挥作用了。"

"《王权法案》和谋杀有什么关系?"

"亨利七世娶了两个男孩的姐姐伊丽莎白。"

"是的。"

"借此得到了约克家族的妥协,助他登上王位。"

"是的。"

"废除《王权法案》,才能让伊丽莎白成为合法继承人。"

"当然。"

"但承认几个孩子的合法性,自然会使两个男孩的继承权优先于伊丽莎白。事实上,废除《王权法案》就等同于让两个男孩中较大的那个成为英国国王。"

卡拉丁轻轻咂了咂舌,藏在角质镜框后的眼睛里闪烁着喜悦的光芒。

"所以,"格兰特说,"我建议我们沿着这个方向继续调查。"

"好的,您想要什么?"

"我想知道泰瑞尔认罪的更多细节。但我首先想知道是跟这件事有关的人们的反应,他们身上发生了什么事,而不是一个人说了另一个人什么话。就像我们先前调查爱德华猝死后理查继位的问题时一样。"

"可以。您想了解什么?"

"我想知道约克家族的继承人们都怎么样了,那些在理查手下活得好好儿的而且非常富有的人们。他们中的每一个人。你能帮我办到吗?"

"没问题,那是最基本的。"

"还有,我还想多知道一些泰瑞尔的事。我是指他这个人。他是谁,他都做过什么。"

"我去办。"卡拉丁站起来,精神抖擞、意气风发,格兰特以为他要把外套的扣子扣上了。"格兰特先生,我要为这些……为这些……感谢您。"

"为这个有趣的游戏?"

"等您能站起来以后,我……我要……我要带您去伦敦塔转转。"

"坐船去趟格林尼治吧,我们这些岛民对坐船有种狂热。"

"他们估计您还要多久才能下床,您知道吗?"

"等你带着继承人和泰瑞尔的资料来找我时,我可能就好起来了。"

高墙

这都是司法谋杀——
披着法律的外衣实施谋杀?

真正的情况是,格兰特并没有在卡拉丁再次到访时离开病床,但他确实可以坐起来了。

"你想象不出,"他告诉布兰特,"在看够了天花板之后,对面的那面墙看起来有多有趣。 而当我坐起来时,世界显得多么奇怪和窄小。"

卡拉丁为这点进展感到高兴,这让格兰特深受感动。 他们在步入正题之前耽搁了好一段时间。 最后格兰特不得不说:"好了,约克家的继承人在亨利七世执政时期过得怎么样?"

"哦,对了。"这孩子一边说,一边掏出那卷他经常用的笔记,右脚勾住椅子上的横木,把它拉过来坐下,"我们从哪开始呢?"

"嗯,就从我们熟悉的伊丽莎白开始吧。 亨利娶了她。 她直到死的那一天都是英格兰的王后,后来亨利为了政治目的娶了西班牙的疯女人胡安娜。"

"对。 她在一四八六年春天嫁给了亨利,大约在一月,博斯沃思战役发生五个月之后。 她死于一五〇三年的春天。"

"十七年。 可怜的伊丽莎白。 和亨利在一起肯定像过了七十年一样。 说好听点儿,亨利正是那种不知道疼老婆的类型。 让我们沿着家谱继续往下看。 我的意思是,该说说爱德华的孩子们了。 两个男孩的命运成了谜团。 塞西莉发生了什么事?"

"她嫁给了亨利的老叔叔威尔斯勋爵,被送到林肯郡生活。 安妮和凯瑟琳当时还是孩子,等她们长到可以代表兰开斯特的年纪后,都嫁了人。 最小的一个,布里奇特,在达特福德当修女了。"

"目前看起来都挺正常的。 下一个是谁? 乔治的儿子?"

"是的。 小沃维克。 他终其一生被关在伦敦塔里，后来据说因为企图逃跑而被处死了。"

"这样啊。 那乔治的女儿玛格丽特呢？"

"她成了索尔兹伯里女伯爵。 亨利八世凭借一个捏造的罪名把她处死了。 显然是一桩典型的冤狱。"

"伊丽莎白的儿子呢？ 那个候选继承人。"

"约翰·德·拉·珀尔。 他和勃艮第的姑姑住在一起，直到……"

"直到搬去跟理查的姐姐玛格丽特一起住。"

"没错，他死于西姆内尔之乱。 不过他还有一个您没有写进名单的弟弟。 他是被亨利八世处死的。 和亨利七世签订人身安全保障条约后，他便投降了。 所以我想，亨利应该是担心置条约而不顾的做法会坏了他的好运道。 然而这孩子的人生还是走到了尽头。 亨利八世不愿冒任何风险，他并没有在德·拉·珀尔死后罢手。 您的名单还少四个人。 埃克塞特、苏利、白金汉和蒙太古，这些人都被他干掉了。"

"理查的儿子呢？ 约翰，那个私生子。"

"亨利七世给了他每年二十英镑的年金，但他是那几个人里最早被杀死的。"

"他是以什么罪名被杀的？"

"涉嫌收了爱尔兰的邀访信。"

"你在开玩笑吧。"

"我没开玩笑。 爱尔兰是维护皇室继承人的动乱中心。 约克家族在爱尔兰非常受欢迎。 收到爱尔兰的邀请，在亨利看来等于自寻死路，虽然我想不明白亨利为什么要忌惮小约翰。顺便说下，据称，他可是一个'活泼、友善的男孩'。"

"他在继承优先权上高于亨利，"格兰特刻薄地说，"他是国王的私生子，而亨利是国王的小儿子的私生子的重孙。"

两人沉默片晌。

这次是卡拉丁打破了沉默："对。"

"什么对？"

"您说得对。"

"看上去确实如此，不是吗？只有他们俩不在名单上。"

又是一阵沉默。

"这都是司法谋杀，"格兰特马上接口道，"披着法律的外衣实施谋杀。但是你不能判孩子们死刑。"

"不能。"卡拉丁表示同意，继续盯着窗外的麻雀，"不能。肯定采取了其他方式。毕竟他们非常重要。"

"重要到致命的地步。"

"我们怎么开始？"

"就像调查理查的继承权那样，我们要查出亨利执政早期每个人都在哪里、在做什么。就以他在位的第一年为准吧。这里面一定有违反常理的地方，就像当年准备男孩的登基大典时遇到的情况一样。"

"好的。"

"你查到泰瑞尔的事了吗？他是谁？"

"查到了，和我想象中完全不同。我还以为他是幕僚呢。您是怎么想的？"

"是啊，我也是这么想的。难道他不是吗？"

"不是。他可是一个重要的人物。他是吉平的詹姆斯·泰瑞尔爵士。他早在爱德华四世时就参加过各种委员会……我觉得这是您的叫法。在波威克兵临城下的时候，他还被封为方旗骑士，不论那是个什么头衔。他在理查手下也干得不错，虽然我在博斯沃思战役里没发现他的踪迹。那场战役很多人都来得太迟了。您知道吗？所以我不认为这能说明什么。不管怎么说，他不是我想象中的那种汲汲营营的小人。"

"挺有意思。他在亨利七世执政时表现如何？"

"嘿，这才是最有趣的地方。作为一个曾经在约克家族统治下如此优秀且成功的仆人，他在亨利手下似乎过得也太滋润了吧。亨利任命他为奎斯尼斯长官，让他出使罗马。他是《埃塔普勒条约》①的谈判代表之一。亨利还允诺他终身领受威尔士一些土地的税收，但同时又让他以奎斯尼斯郡的等值税收作为交换。我不明白为什么。"

"我明白。"

"您明白？"

"你有没有注意到他的所有荣誉和任命都在英格兰国境以外？税收也一样。"

"没错，确实如此。您因为这个想到了什么？"

---

① 埃塔普勒条约（Treaty of Etaples）：1492年，法国为迫使英国放弃布列塔尼，与英国签订的条约。

"目前还没。 也许他只是觉得奎斯尼斯的气候对他的支气管黏膜炎有好处吧。 人们对于历史的种种可能有太多解释了,就像对莎士比亚的戏剧有数不清的看待方式一样。 他和亨利七世的蜜月期持续了多久?"

"哦,相当久。 一切都很美好,直到一五〇二年。"

"一五〇二年发生了什么事?"

"亨利听说他有意协助伦敦塔里某个约克家族的人逃往德国。 他把加莱所有的驻军都派去包围奎斯尼斯城堡。 但他还嫌不够快,又派出了掌玺大臣——您知道那是什么。"

格兰特点点头。

"亨利派出了他的掌玺大臣——这个名字就像英国人眼中埃尔克斯的官员一样——给泰瑞尔送去了一份安全条约。 条约说如果他肯从加莱乘船回来,亨利就任命他为财政大臣。"

"不必告诉我结果。"

"都不用我说出来,不是吗? 最后他被关进了伦敦塔的地牢。 一五〇二年五月六日,他在'十分仓促且未经审讯'的情况下被砍了头。"

"那他是怎么认罪的?"

"没有认罪。"

"什么!"

"别这样看着我,这事儿跟我可没关系。"

"可我还以为他承认谋杀了两个男孩。"

"是啊,很多记载都是这么写的。 但那些都是源于别人的转述,而不是……不是认罪书的抄本。 如果您明白我的意思的话。"

"你是说，亨利没有把认罪书公布于众？"

"没有。他的御用史官波利多尔·维吉尔写下了整个谋杀的经过。在泰瑞尔死后。"

"可是，如果泰瑞尔承认自己受到了理查的指使，谋杀了两个男孩，那么亨利为什么不以这个罪名起诉他进而公开审判呢？"

"我想不明白。"

"让我们再来确认一遍吧。在泰瑞尔死之前，没有人听过他的认罪。"

"没有。"

"泰瑞尔承认在一四八三年，也就是将近二十年前，他从沃维克跑到伦敦，从侍卫长那里拿到了伦敦塔的钥匙，那个侍卫长……我忘了他叫什么了。"

"布拉肯伯里。罗伯特·布拉肯伯里爵士。"

"对。他从罗伯特·布拉肯伯里爵士那里拿到了钥匙，杀了两个男孩，把钥匙交还给对方，又赶回去跟理查汇报。他承认了这一切，为这个必然是万众瞩目的谜案画上了句号，然而公众对此竟然毫无反应。"

"风平浪静。"

"我忌讳带着这样一个故事上法庭。"

"连想都不用想，这是我听过的最假的故事了。"

"他们都没有把布拉肯伯里叫来确认一下交出钥匙的事？"

"布拉肯伯里在博斯沃思一役中战死了。"

"所以他也很善解人意地死了，是吧。"格兰特躺下想了一会儿，"要知道，如果布拉肯伯里在博斯沃思战役里死了，倒是给我们这一方增加了一点证据。"

"此话怎样？什么证据？"

"假设那一切真的发生过，我的意思是，假设那天晚上伦敦塔的钥匙确实在理查的授意下交出来了，那么伦敦塔里有那么多守卫，肯定有人能察觉到。在亨利接管伦敦塔之后，不太可能没有人向他汇报这件事。特别是在男孩失踪的情况下。布拉肯伯里死了。理查死了。伦敦塔的新任接班人肯定要找到两个孩子。如果找不到，他一定会说：'在某天夜里，侍卫长遵命交出了钥匙。从那一晚起，再也没有人见过那两个孩子。'最无情的责难和哀哭都会集中到那个拿到钥匙的人身上。这个人必然会成为打击理查的最佳人证，而找到这个人证一定能为亨利增光添彩。"

"不仅如此，泰瑞尔在伦敦塔那么出名，他在里面进进出出不可能没人认出来。在当时并不大的伦敦城里，他一定是个响当当的人物。"

"是的。如果那个故事是真的，泰瑞尔肯定会在一四八五年因谋杀王储而被公开审判并判处死刑，没有人救得了他。"格兰特伸手去拿他的香烟，"所以我们现在得到的信息就只有亨利在一五〇二年处死了泰瑞尔并借他的御用历史学家之口宣布泰瑞尔已经承认在二十年前谋杀了王储。"

"是这样。"

"可是，在泰瑞尔承认了这么残忍的罪行之后，亨利没有在任何时间、任何场合以任何理由对泰瑞尔进行过审判。"

"没有。目前我没有发现。您知道的，亨利是个像螃蟹一样专门走旁门左道的人。他做事从不直截了当，哪怕谋杀也是这样，他都把它掩饰成别的东西。他等了这么多年才找到某种合法的理由来掩饰一场谋杀。他的脑回路就像开瓶器一样。 您知道当他正式成为亨利七世之后启动的第一个官方行动是什么吗？"

"不知道。"

"他以叛国罪处死了一批在博斯沃思战役中帮理查打仗的人。 您知道他是怎么让这个所谓的叛国罪的罪名合法化的吗？ 他把自己登基的日子提前到了博斯沃思战役的前一天。 一个连这种手段都能搞出来的人还有什么事做不出来？"他接过格兰特递给他的一根烟，"哦，不对，他没能得偿所愿。 英格兰人——上帝保佑他们——给他划了条界线，告诉他不可越界。"

"他们是怎么办到的？"

"他们以非常礼貌的英式风格呈上了一份国会议案，上面写道：曾经在那个时期效忠过这个国家的君主的任何人都不可被判处叛国罪，且不可被没收财产或被收监。 他们还让亨利同意了这份议案。 英格兰人真是妙极，毫不留情又彬彬有礼。 他们不喜欢亨利的欺骗行径，却没有在大街上大喊大叫或者乱扔石头。 他们呈上了一份客气又合理的议案，让他打碎银牙和血吞。 我敢说这份东西肯定不好消化。 好了，我得走了。 很高兴看到您可以坐起来写东西了。 我们很快就能去格林尼治了吧。 格林尼治有什么呢？"

"有一些精致的建筑和一条很棒的泥河。"

"就这些？"

"还有几间不错的酒吧。"

"那我们一定要去。"

卡拉丁走后，格兰特倒回床上，一根接一根地抽烟。 他在思考约克家族继承人的经历：他们在理查三世时活得欣欣向荣，到了亨利七世那里却送了性命。

也许他们中有几个人是自掘坟墓。卡拉丁的报告非黑即白,缺乏中间色彩,毕竟只能看个大概。不过,当然有一个巧合还是很令人震撼的:所有挡在都铎家族和王位之间的人都恰到好处地成了短命鬼。

格兰特浏览着小卡拉丁带给他的那本书,并没有表现出多大的热情。书名是《理查三世的生平与统治》,作者是一个名叫詹姆斯·盖德纳的人。卡拉丁跟他打过包票,说盖德纳博士的著作值得一读。用卡拉丁的话说,盖德纳博士"令人拍案称奇"。

在格兰特看来,这本书没什么过人之处。但只要是关于理查的事总比其他东西有趣一些,这才是他开始翻看的原因。而他也立刻明白了为什么卡拉丁会说这位亲爱的博士"令人拍案称奇"。一方面,盖德纳博士固执地相信理查是杀人犯,但另一方面,作为一名诚实而博学的作家,本着公平公正的原则,他又不想隐瞒事实。因此,盖德纳博士试图把客观事实糅进理论的努力使他的书成了格兰特这段时间以来见过的最好笑的像自由体操一样收放自如的作品。

盖德纳博士完全没有意识到自己的矛盾之处。他承认了理查的大智慧、慷慨、勇气、能力、个人魅力、人气以及哪怕是他的手下败将都认可的诚信。与此同时他又描写了他对亲生母亲的可耻毁谤和屠杀两个手无缚鸡之力的孩童的卑劣行径。传闻就是如此,盖德纳博士这样说。他庄严地记录并赞同那些可怕的传闻。照博士的说法,理查的本性并不卑劣,也不邪恶,但他是谋杀无辜男孩的凶手。即使理查的敌人也相信他的公正,但他谋杀了亲侄子。理查的正直令人敬佩,但他为满足一己之欲而大开杀戒。

作为一个柔术表演艺术家，盖德纳博士可以说是天赋异禀，伸缩自如。格兰特比以前任何时候都要怀疑历史学家们的大脑构造，用正常人的思路无法通过任何一个推理过程得出他们的结论。无论在虚构小说中或是现实世界里，抑或在日常生活中，格兰特从没见过任何一个与盖德纳博士笔下的理查或奥利芬特笔下的伊丽莎白·伍德维尔相似的人。

也许劳拉的理论有一些道理，人类生来很难否认先入为主的事。潜意识对于已经认可的事实的对立面存在着某种说不清道不明的抗拒和反感。当盖德纳博士被某只无形的手拽向不可否认的事实时，他表现得就像一个被吓到的孩子。

对于那些正直而富有人格魅力的人们是如何犯下谋杀罪的，格兰特知道得非常清楚。但那些谋杀与此不同，也不会归因于同样的理由。盖德纳博士在《理查三世的生平与统治》一书中所描述的那种谋杀犯，是在人生遭受某种翻天覆地的变故时才会杀人的人。他也许会因为突然发现自己的妻子不忠而杀人，也许会因为生意合伙人为满足私欲毁了他们的公司和孩子们的前途而杀人。但无论是哪种，都不会是有计划的谋杀，而是一时冲动的结果。那绝不是典型的谋杀。

我们不能妄下断言说因为理查具备这样或那样的品质，他就不会犯下谋杀的罪行。但是我们却可以说，因为理查具备了这些品质，他不可能犯下这场谋杀。

谋杀两个年纪尚小的王子。这是一场愚蠢的谋杀，而理查是一个极有能力的人；这件事卑鄙到难以形容的地步，而理查是一个正直的人；这行为残忍无比，而理查向来有一副柔软的心肠。

　　逐一分析理查所有众所周知的品格，你会发现他的每一个品格都在极大的程度上站在谋杀的对立面。而当它们层层叠加在一起时，便铸成了一道难以逾越的高墙，高到让某些指控只能成为谵妄之言。

邀宠

有史以来最安全的杀人犯?

为众瞩目的谜案画上了句号，
然而公众对此竟然毫无反应。

"有一个人您忘了问了，"几天后，卡拉丁如清风一般翩然而至，"在您想查询的名单里。"

"哈，是谁啊？"

"斯丁顿。"

"哦，对！ 可敬的巴斯主教。 如果亨利讨厌《王权法案》，他肯定更不喜欢这位见证了理查的正直和他自己老婆非法身份的人。 老斯丁顿的命运如何？ 又是一场司法谋杀吗？"

"显然这个老家伙没掺和那些事。"

"没掺和什么事？"

"向亨利邀宠的游戏啊。 他退出了。 他要么是一只老谋深算的鸟，要么就是纯洁到根本看不到圈套。 我持有的一个理念是——如果一名学术研究员够资格谈理念的话——他太纯洁了，没有人能煽动他干任何事。 反正没有任何理由判他死罪。"

"你是在告诉我，他打败了亨利？"

"不是。 哦，不是。 没人能打败亨利。 亨利给了他一个罪名，然后就顺理成章地忘了释放他。 他再也没回过家。 那说的是谁来着？ 迪阿沙滩上的玛丽①吗？"

"今天早上你容光焕发嘛，简直可以称得上非常兴奋。"

"别用那种怀疑的语气嘛。 谜底尚未揭开呢。 您看到的兴奋情绪来自我

---

① 《迪阿沙滩》(*The Sands of Dee*)：英国十九世纪小说作家查尔斯·金斯莱的一首民谣体诗歌，主角是溺水而亡的牧羊女玛丽。

大脑的快速运转。 这是精神的愉悦。 我在一瞬间彻底开窍了。"

"是吗？ 坐下来，都说出来吧。 是有什么好事吗？ 我觉得你带来了好消息。"

"'好'不足以形容这事儿。 是美丽，完美而圣洁的美丽。"

"你喝多了吧。"

"今天早上的我就算想喝也喝不下了。 我已经被满足感塞得满满的，浑身上下都是，快从嗓子眼里溢出来了。"

"我猜你找到了我们一直在找的反常现象。"

"是的，我找到了，但比我们想象的时间要晚。 我的意思是，事情发生的时间更晚。 我继续说。 最开始几个月，所有人的行为都在您的意料之中。 亨利接管王位，对两个男孩的事只字未提，接着做了一些善后工作，再然后娶了男孩们的姐姐。 亨利让顺从他心意的议员召开国会，恢复了自己的继承权，仍旧不曾提到男孩们的事，然后他提出了一个剥夺理查和他的追随者权力的法案，并通过篡改登基日期的方式干净利落地让效忠理查的人都犯了叛国罪。 此举让一大堆被没收的财产进了他的小金库。 对了，那位克罗兰的修士被亨利在叛国案一事上的雷霆之举给吓到了。'哦，主啊，'他感叹道，'要是忠诚的人可能在战后失去生命、财产和继承权，以后我们的国王在打仗时还能有什么安全感？'"

"亨利完全没有考虑到他的子民。"

"没错。 也许他料到英格兰人早晚要面对这件事。 也许他本来就是一个外国人。 不管怎么说，在亨利的把控下，一切都像您预料的那样发生了。 他在一四八五年即位，于次年一月娶了伊丽莎白。 伊丽莎白在温切斯特生下第一个孩子。她的母亲陪在她的身边,并出席了婴儿的受洗仪式。当时是一四八六年。然后她在秋天回到了伦敦——我是指朵薇格王后。第二年二月——重点来了——在二月,她被送进修道院,终其一生再也没有被放出来。"

"伊丽莎白·伍德维尔?"格兰特感到极大的震惊,这事完全超乎他的想象。

"是的。伊丽莎白·伍德维尔。两个男孩的母亲。"

"你怎么知道她不是自愿去的呢?"格兰特想了一会儿,问,"贵妇们因为厌倦了宫廷生活而皈依教会,这种事时有发生。你知道的,那里的生活并不艰苦。事实上,据我所知,她们在那里住得相当舒服。"

"亨利剥夺了她所拥有的一切,还逼她住进了贝尔蒙德赛修道院。顺便提一下,这件事确实引起了轰动,当时也是'众说纷纭'。"

"我不惊讶。这真是绝了。亨利给理由了吗?"

"给了。"

"为什么要毁掉她?他是怎么解释的?"

"因为她跟理查走得太近。"

"没搞错吧?"

"千真万确。"

"这是官方的说辞吗?"

"不是。是亨利的御用历史学家说的。"

"维吉尔?"

"是的。国会为了让她噤声而给出的真实理由是'基于多方面的考虑'。"

"你在引用原文吗?"格兰特用难以置信的语气问道。

"我是在引用原文。原文就是'基于多方面的考虑'。"

隔了一会儿,格兰特才说:"他在捏造借口方面真是没天分,不是吗?换了我是他的话,我能想出六个更好的理由。"

"有可能他根本懒得去想,或者他觉得别人很好骗吧。需要提醒您的是,王后跟理查走得近,这情况早在十八个月前亨利取代理查登基时就存在了,并没有对亨利造成困扰。在此之前,一切都平静顺利得不得了。亨利刚取代理查时还给王后送礼物呢,送了庄园还有其他一些东西。"

"他真实的理由是什么呢?你有什么想法吗?"

"嗯,我找到的另一件东西也许能给您一点灵感。反正它是给了我好大一个灵感。"

"快说。"

"在那年的六月……"

"哪年?"

"伊丽莎白结婚那年。一四八六年。她在那年一月新婚,九月在温切斯特生下了亚瑟王子,她的母亲陪在她身边。"

"对,是这样。"

"同年的六月,詹姆斯·泰瑞尔获得了一次赦免,在六月十六日。"

"那说明不了什么,你知道的。这是很常见的事。在一个朝代结束之时,或是在新王朝开始之际,这么做只是为了免去后人对你的行为说长道短的可能。"

"是的,我知道。 这个我懂。 第一次赦免并不奇怪。"

"第一次赦免? 还有第二次吗?"

"是的。 这才是真正特别的地方。 一个月之后,詹姆斯爵士得到了第二次赦免。 准确说是在一四八六年七月十六日。"

"确实,"格兰特仔细想了想,"确实不同寻常。"

"不管怎么说,这都太不寻常了。 这事儿我问过大英博物馆里一个跟我座位挨着的老伙计。 他一直在研究历史,我得承认他教给我不少东西。 他说他从没见到过其他例子。 我给他看了这两次记载在《亨利七世回忆录》里的赦免记录,他一下就入了迷,就像见到了恋人一样。"

格兰特一边斟酌,一边念道:"六月十六日,泰瑞尔获得赦免。 七月十六日,他又获得了第二次赦免。 大约在十一月,男孩们的母亲回城里。 次年二月,她被判终身监禁。"

"是不是想到了什么?"

"很多。"

"您觉得是他干的吗? 我是说泰瑞尔。"

"可能是。 很有可能,不是吗? 在我们寻找脱离日常生活轨迹的人的时候,泰瑞尔出现了,他的轨迹中出现了最不合理的漏洞。 男孩失踪的谣言是从什么时候开始流传的? 我是指,人们开始公开谈论这件事是在什么时候?"

"看起来好像是在亨利执政早期。"

"没错,正好对上了。 这当然也解释了从一开始就困扰我们的问题。"

"您的意思是?"

"这可以解释为什么男孩们的失踪没有引起骚动。 这里一直没找到合理的解释。 即使那些相信理查是凶手的人也觉得它是一个谜。 事实上，只要你用心去想，就知道理查不可能从这件事里全身而退。 在理查统治的时期，反对派人数众多，非常活跃而且拥有权势。 理查给了他们充分的自由，使他们可以在全国范围内传播任何他们想要传播的消息。 如果那些男孩确实不见了，他得应付整个伍德维尔和兰开斯特家族的攻讦。 不过，在处理外界干涉内政和不合时宜的好奇心方面，亨利可谓游刃有余。 亨利已经把他的反对者都妥妥地送进监狱了。 唯一可能存在的威胁是他的岳母，于是在这个女人露出要坏事的苗头时，她也被加上层层木条封舱大吉了。"

"是的。 您不觉得她已经做了一些事吗？ 当她发现人们不愿意告诉她孩子们的下落时。"

"可能她从未知道他们失踪的事。 亨利也许只需要说上一句：'我希望你不要与他们相见。 我认为你会给他们带来不利的影响：是你离开了避难所，让女儿们参加那个人的宴会。'"

"是啊，当然是这样。 亨利不用等到她产生疑心，整件事就可以一次性解决：'你是一个坏女人，一个坏母亲。 我要把你送进修道院，拯救你的灵魂，让你的孩子们免受玷污。'"

"是啊。 在全英格兰人面前，他成了有史以来最安全的杀人犯。 在他高高兴兴地抛出'叛国'这一罪名之后，没人再敢伸脖子去打听两个男孩是否安然无恙。 人人如履薄冰。 没人知道亨利接下来又会想起谁犯了什么错，把他送上断头台，把他的财产装进自己的小金库。 不，不会有人有那个闲工夫去关心跟自己利益无关的事，即使要满足这样的好奇心其实容易得很。"

"您是说对住在塔里的男孩们的好奇心？"

有史以来最安全的杀人犯

"好奇两个男孩是否像亨利的人所声称的那样仍旧住在塔里。 亨利跟理查可不一样,他不会和别人求同存异、相安无事地生活。 约克和兰开斯特家族的联盟没有存在的价值。 伦敦塔必须在他本人的势力范围内。"

"是的,他当然会这么做。 您知道吗,亨利是第一个配保镖的英国国王。 我很好奇他是怎么跟妻子解释她弟弟们的事的。"

"是啊,那的确是个有趣的问题。 说不定亨利和她说了真话呢。"

"亨利吗? 那不可能! 格兰特先生,哪怕承认二加二等于四都会让亨利受一番精神折磨。 我跟您说过,他是一只螃蟹,就爱拐弯抹角。"

"你知道的,如果他是一个虐待狂的话,会毫不介意地告诉她事情的真相的。 老实说,就算王后想做点什么也无从下手。 或许她并没想过去做什么。 她刚刚为英格兰生下了一个继承人,接着还会生第二个。 或许她已经没有多余的精力去当十字军了,何况这支十字军还会动摇她本人的根基。"

"亨利可不是一个虐待狂,"小卡拉丁有点不高兴,他甚至连一个负面性格都不舍得送给亨利,"从某种程度上讲恰好相反。 他一点都不喜欢杀人。他必须先把它美化一番,借此给自己做好精神建设。 比如用合法的缎带给它打个蝴蝶结。 要是您认为亨利会在床上和伊丽莎白吹嘘他对她的弟弟们做了什么,我认为您想错了。"

"是啊,也许吧。"格兰特躺下来琢磨亨利这个人,"我刚想到一个合适的词来形容亨利。"他脱口而出,"猥琐。 这是个猥琐的家伙。"

"是啊,就连头发都长得稀稀拉拉的。"

"我说的不是他的外表。"

"我知道不是。"

"他做什么事都带着股猥琐劲儿。想想看,'莫顿之叉',这是历史上最穷酸的税收政策。这不仅体现在他对金钱的贪婪上,他做的所有事都很猥琐,不是吗?"

"没错。盖德纳博士不费吹灰之力就找到了亨利的性格和行为模式的契合点。您觉得这位博士如何?"

"我从他的研究里获益匪浅。不过,上帝原谅我,我认为这位可敬的博士曾经以犯罪为生。"

"因为他骗人?"

"因为他不会骗人。他就像白天一样坦诚。他只是缺乏从 B 推出 C 的推理能力。"

"好吧,您说得对。"

"大家,包括孩童在内,都知道怎么从 A 推到 B。大多数成年人可以从 B 推到 C,但也有很多人不能。大多数罪犯做不到这件事。你可能不信,我知道这和通常的认知相悖,人们总觉得罪犯应该是勇猛且精明的。其实他们都不太聪明。你想象不出那股傻劲。要不是亲身经历过,你不会相信他们竟能如此缺乏推理能力。他们得出了 B,很难跳到 C。他们会把两件彻底矛盾的事情放在一起,毫不质疑它们的兼容性,并且在此基础上冥思苦想。你无法让他们明白这两件事不能相提并论,就像你无法让一个毫无品位的人弄明白用夹板搭不成都铎风格的横梁那样困难。你开始写你的书了吗?"

"嗯,我试着开了个头,我知道该怎么去写。我是说用什么形式去写。

希望您不会介意。"

"我为什么会介意?"

"我想遵循事情发生的来龙去脉来写。您知道的,当时我是怎么见到您的,我们在不经意间开始并一头钻进了对理查的调查中,然后坚持去寻找真实发生过的事情而不是听信后世对它们的描述,还有我们寻找不符合常规的地方并发现真正的问题所在。顺藤摸瓜,类似这样的事。"

"我觉得这个想法不错。"

"您真的这么想?"

"真的。"

"哦,那好,我会继续写下去的。作为理查的陪衬,我要研究一下亨利。我想把他俩的事迹一并列举出来,以便人们自行比较。您知道星法院①是亨利创建的吗?"

"是他吗?我不记得了。莫顿之叉和星法院,典型的苛政和暴权。比较这两幅画像对任何人来说都不应该存在任何困难,不是吗?一边是莫顿之叉和星法院,一边是'保释权合法化'以及'不可胁迫陪审团'。真称得上天差地别了。"

"您说的是理查的国会吗?天啊,我要读的东西太多了。阿特兰塔不愿跟我说话了,她恨透您了。她说,对于女孩子来讲,我就像去年的时尚杂

---

① 星法院(Star Chamber):因在威斯敏斯特大教堂的星室开庭而得名。早期英格兰国会在星室处理政务。亨利七世和亨利八世授予其司法管辖权,并规定了法官的组成人选。星法院以其快捷有效的审理活动加强了王权。在斯图亚特王朝被用作镇压清教徒的工具,1641年被撤销。

志。不过，说实话，格兰特先生，我有生以来第一次遇到这么令人兴奋的事。我是说，它很重要。这种兴奋和那种兴奋还不太一样。阿特兰塔是很令人兴奋，她能给我想要的兴奋，但我和她都不重要，我所说的那种重要——如果您明白我的意思的话。"

"是的，我明白。你找到了值得做的事。"

"没错，我找到了值得做的事，而且正在做这件事的人正是我。多棒啊。我，卡拉丁太太的小儿子。和阿特兰塔刚来这里的时候，我什么都不懂，只会拿学术研究当借口。我走进大英博物馆只是为了麻醉我父亲，但当我走出来时却肩负使命。这难道不令人惊叹吗！"卡拉丁若有所思地望着格兰特，"格兰特先生，您肯定吗？您肯定不想自己写这本书吗？说到底，这是件很不错的事。"

"我永远不会去写书。"格兰特的语气十分坚定，"就连《我在苏格兰场的二十年》都不会写。"

"什么？连自传都不写？"

"连自传都不写。我的个人意见是，这世界上已经充斥着太多书了。"

"但这本书是一定得写的。"卡拉丁说，看起来有点受伤。

"当然了，这本没问题，是必须要写出来的。跟我说说，我还有什么忘了问你的事吗？泰瑞尔在获得双重赦免之后，什么时候得到了法国的任命？在一四八六年七月完成了亨利给的任务之后，他是什么时候成了奎斯尼斯的侍卫长的？"

卡拉丁收起受伤的表情，他那张温柔的小羊羔似的脸上露出了他所能露出的最恶毒的表情。

"我还在纳闷您要等到什么时候才会问到这个呢,"他说,"哪怕您真的忘了问,我临走前也会告诉您的。答案是:立刻。"

"这么说,我们的马赛克拼图又凑上了两块小碎片。不知道他到底为什么要走,是因为侍卫长的位置刚好空出来了,还是因为亨利想让他到远离英格兰的法国去?"

"我打赌另有原因,其实是泰瑞尔想离开英格兰。换作是我在亨利的统治之下,我宁愿去天高皇帝远的地方。特别在为亨利做了那些秘密工作之后,我活太久对他来说绝对不是一件好事。"

"好吧,也许你是对的,泰瑞尔想离开英格兰。他不仅出国了,还留在了那里。就我们目前发现的情况而言,真是有趣。"

"他不是唯一留在国外的人。约翰·代顿也是如此。我没办法找到所有实际参与了谋杀的人。都铎时期的记载众说纷纭,我想您是知道这一点的。事实上,这些说法之间的差距之大,已经到了彼此冲突的地步。亨利的御用历史学家波利多尔·维吉尔说,事情发生那天理查人在约克。根据圣人摩尔的说法,时间还要更早一些,即事情发生在理查在沃维克时。每份记载的出场人物也大有不同。所以很难把他们理清楚。我不清楚威尔·斯雷特是谁,可能是您口中的黑威尔。还有一个谐音的名字叫迈尔斯·福雷斯特,也不知道是谁。但约翰·代顿是确确实实存在的。格拉夫顿说他一直住在加莱,遭到千夫所指,死得很是凄凉。多么强烈的道德观念啊,是不是?维多利亚时代对这些人倒是没什么记录。"

"代顿下场悲惨,看来他好像没为亨利做过事。他讨到了什么职务?"

"嗯,如果此约翰就是彼约翰的话,他应该成了牧师。他舒舒服服地干着一份闲职，谈不上穷困潦倒。 一四八七年五月二日，亨利把他派到福尔贝克了，那里离格兰特海姆不远，在林肯郡。"

"好嘛，好嘛，"格兰特拖着腔调，"一四八七年。 所以他也舒舒服服地住到远离英格兰的地方了。"

"嗯哼，妙极了，不是吗？"

"简直太妙了。 这个千夫所指的代顿没有被套上绳索，以弑君犯的身份被拖回国内吊死，有人解释过这件事吗？"

"哦，没有。 没有那样的记载。 都铎时代的历史学家没有能从 B 想到 C 的。"

格兰特笑了："我看你倒是学有所成了。"

"那是。 我不仅在学习历史，还研究了苏格兰场研究人类心理的课题。 嗯，目前就这些了。 下次再来时，我会为您读一读我的书的前两章，如果您身体状况允许的话。"卡拉丁停顿了一下，继续说，"您是否介意，格兰特先生，我把这本书献给您？"

"我想，你最好把它献给卡拉丁三世。"格兰特淡淡地说。

但是，显然卡拉丁把它当成一件很重要的事。

"我并没有奉承您的意思。"他的声音有些僵硬。

"哦，不是奉承。"格兰特忙说，"这是策略。"

"要不是因为您，我不会开始这项工作，"卡拉丁说。 他站在地板最中心的位置，神情庄重，充满感情，大衣的衣摆飘逸，带着股美国范儿，"我要用得体的感谢回报我得到的恩惠。"

"当然，我会很高兴的。"格兰特轻声说道。 地板中心那个辉煌的形象松了口气，又变回男孩的样子。 尴尬的瞬间过去了。 卡拉丁快活地迈着轻松的步履离开了，就像来时一样。 他好像比三周前胖了三十磅，胸围也长了十二英寸。

随后，格兰特把他得到的新资料拿出来，挂在对面墙上，凝视着它们。

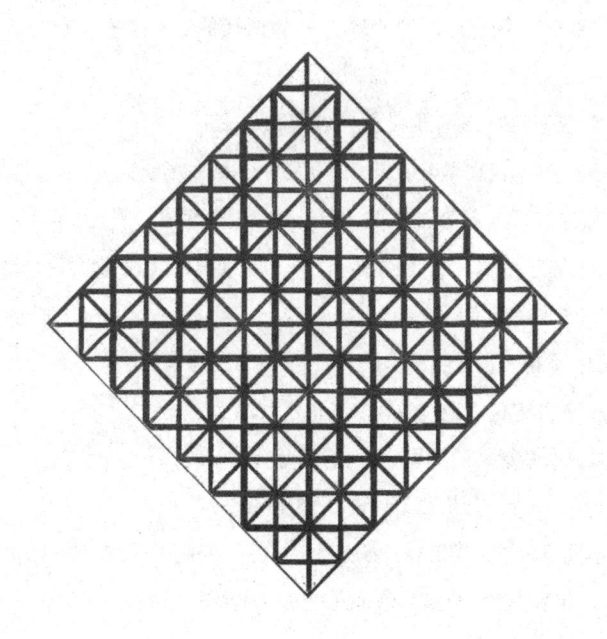

案卷

正常轨迹中的丑陋破绽?

她被迫与世隔绝了。那个有着流金色的头发和无懈可击的品行的美丽女人。

为什么用流金这样的字眼来形容她？他第一次问自己这个问题。铂金色吧，也许。她曾经如此耀人眼目。很遗憾，"金发美人"这个词已经被贬低到另外一个层次，代表别样的意义了。

她被迫在高墙之内度过余生，在一个不会给别人带来麻烦的地方。她的一生充满了一波又一波的变故。她和爱德华的婚姻震惊了英格兰。她是沃维克族衰败的原因。她对家人的照顾使英格兰出现了新的派系，阻碍了理查的顺利登基。当她成为爱德华的妻子时，北安普敦郡郊外的那场简单的典礼成了博斯沃思战役发生的前兆。但似乎没有人对她怀有怨念。哪怕是受害人理查都宽恕了她家人的罪过。没有人责怪过她，直到亨利的出现。

她就这样销声匿迹了。伊丽莎白·伍德维尔。朵薇格王后。英格兰王后的母亲。塔中王子的母亲。一个在理查三世统治下活得自在又富有的女人。

正常轨迹中的丑陋破绽，不是吗？

格兰特将思绪从历史维度中拉回来，开始用警察的方式去思考。到了整理案卷的时候了。把它们整理清楚，准备呈给法庭。这对那孩子写书会有帮助，更重要的是可以理清思路。白纸黑字地写下来，让自己看个明白。

格兰特拿过本子和笔，写下一个简洁的开头：

> 案件：大约在一四八五年，两名男孩（威尔士王子爱德华、约克公爵理查）在伦敦塔失踪。

把两个嫌疑人并列写出来或是先后写出来,哪种方式更好呢? 格兰特犹豫了。 也许先把理查写明白更好。 因此,他又开了个简洁的头,总结道:

理查三世

先前记录:

良好。在对公服务方面具有优秀的记录,私生活名誉上佳。典型行为特点:判断力强。

涉案表现:

(1) 嫌疑人非获利者。约克家族还有九名王位继承人,包括三名男性。

(2) 无案发时指控。

(3) 两个男孩的生母和该嫌疑人保持友好关系直到嫌疑人死亡,且她的女儿们曾多次参加宫廷宴会。

(4) 嫌疑人并不忌惮约克家族的其他继承者,慷慨地为他们提供日常开销并赐予他们皇室身份。

(5) 该嫌疑人的王位继承权没有异议,有《王权法案》且顺应民意。两个男孩已无继承权,对嫌疑人不构成威胁。

(6) 如果嫌疑人仍然担心有阻碍者,那么要除掉的人应是他的下一顺位继承人小沃维克,而非两个男孩。此人在嫌疑人亲生子嗣夭亡后,被公开立为继承人。

The Battle of Bosworth Field	Monday 22nd August 1485
记录良好，判断力强	冒险家，心思敏锐

亨利七世

先前记录：

冒险家，在外国宫廷里生活。其母是个野心勃勃的女人。私生活方面无缺点。未担任公职。典型行为特点：心思敏锐。

涉案表现：

(1) 两个男孩的存亡对该嫌疑人来说非常重要。通过废除否定两男孩继承权的法案，他使较大的男孩成为英格兰国王，较小的成为下一个继任人。

(2) 该嫌疑人向国会提交的弹劾理查之法案，对理查的指控仅限于常规的专政和暴戾，未提及两位王子。显见两个男孩当时仍然活着，且下落明确。

(3) 即位十八个月后，该嫌疑人剥夺两男孩生母原有生活条件，并将其送入修道院。

(4) 该嫌疑人立即采取措施控制住其他继承者，将他们密切监管直至找到机会将他们悄悄除掉。

(5) 该嫌疑人本无权继承王位。因为理查死后，英格兰国王应当是小沃维克。

直到写到这里时，格兰特才第一次意识到，理查本来是有权力让私生子约翰的地位合法化并将其塞进王室中的。以前并不是没有过这种先例。毕竟归根结底，整个博福特一族（包括亨利的母亲在内）不仅不是合法的支系，而且是双重通奸下的产物。没有什么能够阻挠理查把这个已经获得公开认可并生活在他家里的"活泼而有教养"的男孩合法化。很明显，按照理查的性子，这个念头从未在他脑海中出现过。他指定哥哥的儿子为自己的继承人。即使沉浸在巨大的个人悲痛之中，良好的人格依旧主导着他的判断。好的判断力，重视家庭感情。只要哥哥的子嗣还在，没有正当出身的儿子无论多么"活泼而有教养"，都不能坐到金雀花王朝的王位上。

从塞西莉陪伴她的丈夫周游各地，到她的儿子自然而然地认可哥哥乔治的儿子为自己的继承人，整个故事中弥漫的家庭情感令人叹惋。

格兰特也是第一次如此深刻地意识到，正是这种家庭观念进一步证实了理查的无辜。那两个人们以为被理查当做小马驹一样践踏的孩子是爱德华的儿子，必然是理查熟悉且亲近的人。反之，对亨利来说，他们只是纯粹的象征物，是通往王位的障碍。亨利也许从未正眼看过他们。抛开两个人的个性不谈，几乎仅凭这一点就可以看出两个嫌疑人会做出什么样的选择。

用列出"（1）（2）（3）"的方式简洁整齐地看事情可以让思路格外清晰。格兰特从未注意到亨利对《王权法案》的反应有多么可疑。如果就像亨利坚持的那样，理查关于继承权的说法毫无依据的话，那么很明显亨利最应该做的就是将它当众再念一遍，以证明它的不实。但亨利并没有这样做。他选择了销毁它且将它从世人的记忆中抹除的漫长而费事的方式。毫无疑问，结论只能是：该法案中的理查的王位继承权是无懈可击的。

皇冠

人们早就知道了所有的事。

卡拉丁再次出现在病房的那个下午,格兰特从病床走到了窗户,又从窗户走回病床。他是如此得意扬扬,以至于短粗胖不得不提醒他这是任何一个一岁半的小孩都能做到的事。但今天没有什么可以浇灭格兰特的兴致。

"你以为我得在这里待上几个月呢,是不是?"格兰特得意地说。

"看到您恢复得这么快,我们很高兴。"短粗胖一本正经地说,"当然了,我们也很高兴您能把床位腾出来。"

伴着嗒嗒的脚步声,顶着金色的卷发、穿着浆洗得笔挺的工作服的短粗胖消失在走廊尽头。

格兰特躺回床上,以近乎慈悲的目光注视着自己的这间小牢房。一连几个星期面对窗口,被禁锢在仅有十二块地砖的地面上,就连站在北极或珠穆朗玛峰顶的人也无法体会那种感觉。至少格兰特是这么觉得的。

明天他就要回家了,回到丁克尔太太的照料之下。他每天有半天要卧床,走路时必须依靠拐杖,但起码他又有自主权了。他不用再听别人发号施令,不必忍受拖拖拉拉的服务和多余的怜悯。

未来一片光明。

当威廉姆斯警官处理完在艾塞克斯的琐事,再次出现在病房时,格兰特把自己的兴奋之情一股脑地朝他倾诉了一番。现在格兰特正渴望马塔的到来,好在她面前展示他全新的英姿。

"这些历史书你看得怎么样了?"威廉姆斯问。

"好得不能再好了。我已经证明它们全写错了。"

威廉姆斯咧嘴笑了。"我觉得有法律禁止这么做,"他说,"军情五处不会喜欢这个的,到最后得判个叛国罪或者犯上罪啥的。现如今什么事都有可能发生,如果我是你,我会小心一点儿。"

"从今往后我再也不会相信我在历史书里读到的东西了。帮帮我吧。"

"必须得承认也有例外啊,"威廉姆斯以他招牌式的固执的理性指出,"维多利亚女王是真的,而且我认为恺撒的确入侵了英国,时间是一〇六六年。"

"我正准备开始郑重怀疑一〇六六年的事呢。我看你已经因为艾塞克斯的事情忙得不可开交了,那到底是个什么样的人物?"

"一个彻头彻尾的小混球。早在九岁那年从妈妈那儿偷零花钱开始,这孩子就应该被好好修理。要是有人在他十二岁时抽他一顿兴许还能救他一命呢。现在他得在杏花开之前被吊死。今年春天会早到。前段时间我每天傍晚都在花园里干活,因为白天变长了。能再次呼吸到新鲜空气,你一定会很高兴的。"

然后他就走了,乐观、清醒且平和,正像一个年少时因为受教育而被抽过一顿的人。

因此格兰特开始向往来自外面世界的其他访客,而他本人也将成为外部世界的一分子。当听到那熟悉的试探性的敲门声再次响起时,他高兴极了。

"快请进,布兰特!"他快乐地高喊着。

布兰特进来了。

但进来的布兰特不是上次离开时的布兰特。

兴高采烈的情绪消失了,伟岸的气度也不见了。

他再也不是那个开路先锋,那个拓荒者了。

他只是一个穿着很长、很长外套的清瘦男孩。看上去少不更事、惊疑不定而且怅然若失。

卡拉丁迈着无精打采、凌乱的步伐穿过房间。格兰特沮丧地看着他——今天他那邮差包一样大的口袋里没有纸卷。

哦,好吧,格兰特开导自己说,至少已经享受这件事的过程了。遇到瓶颈是再寻常不过的事。人们是无法以举重若轻的业余爱好者的方式去从事严肃的学术研究,并企图通过这种方式去证明点什么的。人们也不能指望一个业余爱好者走进苏格兰场,解决一个让警察都感到棘手的案子。所以,他凭什么以为自己比历史学家更聪明呢?他想证明自己对那张画像的脸的解读是正确的,他想洗刷自己把一个罪犯放进审判席而非被告席的耻辱,可是他本该心平气和地接受自己的错误,并且试着去喜欢它们。也许,这都是他自找的。也许,在内心深处,他很享受自己有一双擅长判断人类面孔的眼睛。

"您好,格兰特先生。"

"你好,布兰特。"

事实上,这件事对男孩的打击更大。他还处在期待奇迹出现的年纪,还处在会为气球爆炸而感到惊讶的年纪。

"你看起来不太高兴,"格兰特用愉悦的声调对男孩说,"哪里不顺吗?"

"哪都不顺。"

卡拉丁坐进椅子里,瞪着窗外。

"那些该死的麻雀就不让您心烦吗?"他烦躁地问。

"怎么了?到头来,你还是发现早在理查死之前,男孩失踪的消息就满天飞了?"

"唉,比这还糟。"

"哦? 有书面记载? 是一封信吗?"

"不是。 不是那些,有更糟的东西。 更……更基本的东西。 我不知道该怎么跟您说,"他怒气冲冲地瞪着那些喳喳叫的麻雀,"该死的鸟。 现在我再也写不出那本书了,格兰特先生。"

"为什么,布兰特?"

"因为这早就不是什么新鲜事了。 人们早就知道了。"

"知道? 知道什么?"

"知道理查根本没杀两个男孩,人们知道所有的事。"

"他们知道? 什么时候知道的?"

"哦,好几百年前了。"

"振作点,小家伙。 距离那件事发生才四百年。"

"我知道。 不过没什么区别。 那件事不是理查做的,大家好几百年前就知道了……"

"能不能别这么低落啊。 说点有用的。 是从什么时候开始有人为他辩白的?"

"开始? 哦,从可以开始的时候就开始了。"

"那是什么时候?"

"自从都铎王朝结束,人们可以安全地谈论这件事的时候。"

"你的意思是斯图亚特王朝?"

"是吧,我想是的。 十七世纪,一个叫巴克的人为了给他洗脱罪名而写下了一些东西。 十八世纪，霍勒斯·沃波尔①写了一些。 十九世纪，一个叫马克海姆的人又写了一些。"

"二十世纪有吗？"

"据我所知，没有。"

"那么，你写又有什么不妥呢？"

"可这不一样了，您看不出来吗？ 这不是一个大发现了！"他在"大发现"三个字的咬字上格外用力。

格兰特看着他，笑了："哎，好啦。 大发现岂是随随便便就能捡到的。就算当不成拓荒者，做十字军的领军人物也不错啊。"

"十字军？"

"就是。"

"对抗谁？"

"汤尼潘帝。"

男孩脸上的空虚消失了。 他忽然被逗笑了，就像刚看到一个笑话一样。

"这是见鬼的最蠢的名义，不是吗？"

"要是人们在三百五十年以前就知道理查没有杀害他的侄子，而教科书仍旧在众口一词、毫无根据地这样说的话，那么在我看来，汤尼潘帝是一个强劲的对手。 你得加油了。"

"可是，沃波尔那样的人都失败了，我又能做什么？"

"俗话说，水滴石穿。"

---

① 霍勒斯·沃波尔（Horace Walpole, 1717～1797年）：英国作家，历史学家。

"格兰特先生，现在我感觉自己只是一滴小得不能再小的水滴。"

"你看，我必须得说说你了。我从来没见过这么妄自菲薄的人。要想引起全英国人民的注意，这可不是应该有的情绪。你会得到足够的重视的。"

"因为我从来没写过书，您的意思是这样吗？"

"不，那根本不重要。多数人的第一本书就是他的巅峰之作。那是他最想写的书。不，我指的是那些自从离开学校以后就再没读过历史书的人，他们会觉得自己有资格去抨击你的作品，会指责你为理查洗白。'洗白'这个词有'正名'所没有的贬义，所以他们会用到它。相当多的人会去查《不列颠百科全书》，然后觉得自己更有能力去进一步讨论这件事。这些人想打击你而不是抨击你。而真正的历史学家根本就懒得理你。"

"上帝作证，我会让他们注意到我的。"卡拉丁说。

"看吧，这话听起来才有点征服一个帝国的气概。"

"我们没有帝国。"卡拉丁提醒他。

"哦，有的，你们有。"格兰特平静地说，"我们的帝国和你们的帝国唯一的不同之处在于：你们的建立在同一个经济基础上，而我们的则散落在世界的各个地方。在得知自己的研究不具有首创性这个可怕的消息之前，你开始写那本书了吗？"

"写了，已经写了两章。"

"你是怎么处理它们的？你该不会把它们扔掉了吧。扔了吗？"

"没扔。差一点儿。我差点把它们扔进火炉里烧掉。"

"为什么没扔？"

"那是个电炉。"卡拉丁慵懒地伸直长腿，笑着说，"兄弟，我感觉好多了。 我都等不及要把英国人的这点家事当面告诉他们了。 卡拉丁一世的血液正在我的体内沸腾。"

"听起来就像一场病毒性高烧。"

"他是最冷血的老恶棍,误打误撞进了木匠行当。 一开始他只是个砍柴的,最后却坐拥一座文艺复兴式的城堡、两艘游艇和一部私人电车。 是那种有轨电车,您知道的。 里面装饰着绿色的带泡泡纱的丝质窗帘,内饰都是实木的。 这些只有亲眼看见您才会相信。 人们都说卡拉丁家族的血液到了第三代之后开始变得薄弱。 但我现在已经彻底变成卡拉丁一世了。 曾经,那个老家伙想买下一片林子而大家都不让他买,我终于明白他当时的感受了。兄弟,我得进城了。"

"真好,"格兰特温和地说,"我期待你的题词。"他把便笺本从桌上拿起来,递给卡拉丁,"我从警察的角度做了一些总结,也许你在论证时用得上。"

卡拉丁接过本子,毕恭毕敬地看着它。

"把它撕下来带走吧。 我已经写完了。"

"我想,再过一到两个星期,您就会忙于真正的刑事调查,顾不上搞这个——学术研究了。"卡拉丁叹道。

"从来没有哪个案子让我如此享受,"格兰特真诚地说,望向仍然靠在书堆上的画像,"当你垂头丧气地走进来时,我受到的打击比你想象的更严重。我以为一切都完了。"他又看了看画像,"马塔觉得他有点像'奢华王'洛伦佐。 她的朋友詹姆斯认为这是一张圣人的脸。 我的外科医生认为他是一个身体有缺陷的人。 威廉姆斯警官以为他是大法官。 但是,我想也许护士长的看法离真相最近。"

"护士长是怎么说的?"

"她说这是一张饱受痛苦的脸。"

"是啊,是啊。我也觉得是这样。事到如今,您还有任何怀疑吗?"

"不,不。他这一生可谓灾祸连连,避无可避。在他生命的最后两年里必然充满了突如其来的、排山倒海的打击。本来一切都很顺利。英格兰终于稳定了,内战的阴影在人们的记忆中慢慢淡化,一个优秀稳固的政权维护着和平,一条繁荣的贸易通道在为国家积累财富。从米德尔海姆到温斯雷代尔,各地前景一片大好。之后,在短短两年里,他失去了一切——他的妻子,他的儿子,他的和平。"

"在我看来,有一场灾祸他算是躲过了。"

"什么灾祸?"

"至少他不知道自己会背负千古骂名。"

"没错。那对他来说将是最致命的一击。在整个案子里,就我个人而言,你知道是哪一点最让我相信理查不会篡位吗?"

"不知道。是什么?"

"在斯丁顿发布那条大消息时,他不得不临时召集北方的军队。要是他早就知道斯丁顿会说什么,或者计划让他帮自己编故事的话,理查一定会让军队伴随左右。就算不在伦敦,也会在距离封地比较近的、方便调遣的地方。结果他先是调遣约克的军队,接着又求助于表亲内维尔的人马,这些都证明他从未听过斯丁顿的那番话。"

"是的,他带着一些权贵,准备接手权力。他走到北安普敦时接到了伍德维尔家族出问题的消息,却没有受到太大的影响。 他解决了伍德维尔的两千人军队然后前往伦敦,就像什么事都没发生过一样。 在他看来,在前方等待他的除了一场正规的加冕典礼以外,别无其他。 直到听闻斯丁顿的自白之后,他才去调遣自己的人马。 在这样千钧一发的时刻,他的军队竟要从英格兰北边远道赶来。 没错,您说得对。 当然了,这一切完全出乎他的意料。"卡拉丁用食指扶了一下眼镜,以他惯有的迟疑的姿势。 然后他抛出了一个有关的问题:"在整个案子里,您知道是哪一点让我确信亨利是有罪的吗?"

"哪一点?"

"神神秘秘。"

"神神秘秘?"

"就是那些故弄玄虚的表现。 那些秘而不宣、见不得光的手段。"

"你是说,因为他的天性里就带着这些特质吗?"

"不,不。 没那么神叨。 您没发现吗,理查做事不需要故弄玄虚,而亨利靠的就是两个孩子的下落不明。 想不出有什么理由能让理查用神秘兮兮的方式来做这件事。 疯子才会那样做吧。 他根本不可能摆脱嫌疑,对于男孩的失踪他早晚要担责任的。 鉴于他明知道自己还有很长的统治之路要走,手边又有那么多更简单的处理方法,他干嘛要选择如此艰难而危险的做法?他人可以把两个孩子闷死,示于人前,让伦敦市民来瞻仰和哀悼两个早夭的小东西。 这才是他应当采取的方式。 天哪! 理查杀死两个孩子的所有目的在于防止支持他们的势力发动叛乱,要是他想从这场谋杀中获利的话,必须尽早公开两个孩子已死的事实,越快越好。 要是人们不知道王储已经死了,整个计划就失去了意义。 反之,我们再来看看亨利。 他必须想办法让他们失踪，必须秘密行事。他要掩盖他们在何时、以何种方式死去的事实。他的全盘计划成功的前提是没人知道在两个孩子身上到底发生过什么。"

"确实是这样，布兰特。确实是这样。"格兰特说，微笑地看着这位辩护律师激动而年轻的脸庞，"你适合苏格兰场，卡拉丁先生！"

布兰特大笑。

"我要专注研究汤尼潘帝呢，"他说，"我敢说在这个领域还有很多我们不知道的事。我还敢说，这类事在历史书上比比皆是。"

"顺便说一下，你最好把古特贝·奥利芬特爵士的书带上，"格兰特把那本看上去贵不可言的厚书从柜子里拿了出来，"历史学家在写书之前都应该去接受一下心理培训。"

"哈，这对他们毫无用处。一个喜欢研究人类心理的人才不会去写历史呢。他会去写小说，或成为精神科医生，或者地方官员……"

"或者骗子。"

"或者骗子。或者算命的。一个洞察人性的人不会有写历史的冲动。历史只是过家家。"

"哈，得了。你是不是太激进了？历史还是非常渊博和厚重的……"

"哦，我不是那个意思。我的意思是：历史就像一个个角色在平面上移动。您仔细想想，它可以算是半个数学模型吧。"

"如果是数学的话，人就没有权利去记录小道消息。"格兰特这样说着，忽然来了股怨气。圣人摩尔的记忆仍然让他很不舒服。他翻了翻古特贝爵士那本贵气的大书，权当临别一瞥。快翻完的时候，他的速度变慢了，最后停了下来。

"奇怪。"格兰特说,"他们很愿意用'勇敢'这个字眼来评价某人在战场上的表现。 这些说辞被历史学家一脉相承,没人提出过质疑。 实际上,从未有人忘记去强调这一点。"

"这是敌人的赞歌,"卡拉丁提醒他,"这一套说辞最早来自敌方传诵的一首民谣。"

"对,是斯坦利那边的某个人写的。'于是理查王的骑士开口说。'就在这前后。"格兰特翻了几页,直到找到他想找的章节,"看来是'了不起的威廉·哈林顿爵士'。 这位骑士心存疑惑——"

> 斯坦利攻势之猛,无人能敌。(这个该死的叛徒啊!)
> 您已在此盘桓许久,可否他日卷土重来。
> 您的坐骑早已备好,改日必将重拾荣光,
> 君临天下,头戴皇冠,再为君王。
> "不,为我拿来战斧,为我扶正王冠,
> 以创世诸神之名,英王今愿奉上生命,
> 胸中尚有一息,脚下不可动摇。"
> 他践行此誓,终以国王之躯,战死沙场。

"'为我扶正王冠。'"卡拉丁陷入沉思,"就是后来在山楂丛里发现的那顶王冠吧。"

"是的。 也许是被当作战利品留在那里的。"

"以前我一直以为王冠都像国王乔治戴的那种一样,用高级丝绒装饰着,

他日卷土重来
必将重拾荣光
君临天下
头戴皇冠
再为君王

理查的王冠好像只是一个金箍。"

"是的,打仗时可以戴在头盔外面。"

"天啊!"卡拉丁心血来潮地说,"如果我是亨利,我肯定很讨厌戴那顶王冠! 我肯定讨厌它!"他沉默片刻,又说:"您知道约克镇的记录吗,在地方志里,您知道他们是怎么记载博斯沃思战役的吗?"

"不知道。"

"他们写道:'这一天,我们的好国王理查惨遭谋杀,全城致以沉痛哀悼。'"

麻雀的叫声在寂静之中显得格外刺耳。

"不像给一个令人憎恶的篡位者的悼词。"格兰特淡淡地说。

"不像。"卡拉丁说,"不像。'全城致以沉痛哀悼。'"他放慢语速重复着这句话,在心里反复掂量,"他们很关心这件事,虽然一个新的王朝正在建立,前途未卜,他们还是不顾一切地把自己的想法白纸黑字地写在地方志上,说这是一场谋杀,还表达了他们的哀恸之情。"

"也许他们刚听说国王的尸体遭到羞辱的事,感到非常难过吧。"

"是的,没错。 一个人不会愿意去想象一个他熟悉并且尊重的人被剥光衣服挂在马上,像死去的野兽一样摇来晃去的场面。"

"就算死的是敌人,人们也不愿意那样想象。 不过,在亨利和莫顿的阵营里,是找不到'感性'这种东西的。"

"哈,莫顿!"布兰特吐出这个字眼的样子就像吃到了恶心的东西,"莫顿死的时候没有人会'沉痛哀悼'的,相信我。 知道写编年史的人是怎么评价他的吗? 我指的是伦敦的那位。 他写道:'在我们的年代,没有人愿意在任何情况下和他相提并论。在这片土地上，人民对他怀有强烈的鄙视和憎恨。'"

格兰特扭头看向那张陪他度过许多个日夜的画像。

"你懂的，"他说，"虽然他得逞了，还爬上了红衣主教的高位，但我想，在与理查三世的较量中，莫顿仍然是输家。虽然理查战败且长久以来背负世人的骂名，但他仍旧是胜者。因为在他的时代，他深受人们敬爱。"

"这是个不错的墓志铭。"男孩沉重地说。

"不错，确实是个不错的墓志铭。"格兰特说着，最后一次合上了奥利芬特的著作。"没有多少人能做到这么好，"他把书物归原主，"没有多少人能收获这么多。"他说。

卡拉丁走后，格兰特开始收拾桌上的东西，为明天出院做准备。那些没读过的时髦小说可以送给医院的图书馆，去愉悦那些比他更容易被愉悦的心灵。不过他要把那本印有高山图片的书留下来。他还记得要把亚马逊的两本历史书物归原主。格兰特把历史书拿出来，以便在亚马逊来送晚饭时还给她。自从着手调查理查事件的真相以来，这还是他第一次想去重读一下教科书里关于他的负面描写。就在这里，这个一清二楚、白纸黑字印出来的臭名昭著的故事，通篇没有用到"可能"和"或者"，也没有一个假设条件或是一个疑问句。

格兰特正要合上高年级的教材，他的目光落在亨利七世王朝的开端部分。他读道："都铎家族有一条一以贯之、深谋远虑的策略，那就是除掉一切王权的竞争者，特别是那些亨利七世时期尚在人世的约克家族的继承人。都铎家族在这方面做得很成功，虽然直到亨利八世时才将约克家族斩草除根。"

格兰特看着这段直白的叙述，目瞪口呆。一场大规模的屠杀就这样被平平淡淡地接受了，一个家族的灭族就这样被简简单单地认可了。

理查三世被扣上了谋杀亲侄的帽子，他的名字赫然是邪恶的代名词。而凭借"一条一以贯之、深谋远虑的策略"杀光整整一个家族的亨利七世却被视为精明而有远见的君主。他也许不那么讨人喜欢，但他颇有建树、勤勉自持，还拥有不俗的成就。

格兰特放弃了。历史是他永远无法搞明白的东西。

历史学家的价值观和他所熟悉的任何价值观都相去甚远。他永远无法用同样的眼光看待它们。该回苏格兰场了。在那里，杀人犯就是杀人犯，管他张三李四，谁都一样。

格兰特把两本书整整齐齐地放在一起。当亚马逊为他端来炖梅子酱的时候，格兰特把书交给了她并简短地表达了谢意。他真的很感谢亚马逊。要不是她还保留着历史课本，自己也许永远不会走上这条去了解金雀花王朝的理查的路。

亚马逊被格兰特的和善搞得晕头转向。格兰特怀疑病中的自己是不是暴躁得像头熊，以至于护士们以为他只会吹毛求疵。那可真是太冤枉人了。

"我们会想您的，您知道，"亚马逊说，一双大眼睛好像随时可以热泪盈眶，"我们已经习惯您在这里了，我们甚至都已经习惯那东西了。"她用一只手肘指了指画像的方向。

一个想法闪过。

"能为我做件事吗？"格兰特问。

"当然可以，只要是我能办到的。"

"你能不能把画像拿到窗边，在阳光下看看它？大概就是测脉搏那么长的时间。"

"当然了，没问题，如果您想让我这么做的话。但这是为什么呢？"

"别管为什么，就当是为了让我高兴吧。我来帮你计时。"

亚马逊拿起画像，走到窗边有阳光的地方。

格兰特看着手表上的秒针。

他给了亚马逊大约四十五秒的时间，然后问："怎么样？"因为没有得到回应，他又问了一遍："怎么样？"

"有意思。"亚马逊说，"多看一会儿的话，这还真是一张不错的脸，不是吗？"

真相是时间的女儿,而不是权威的女儿。